LE
CHAT
QUI
VOULAIT
SAUVER
LES
LIVRES

NiL

LE CHAT QUI VOULAIT SAUVER LES LIVRES

Sôsuke Natsukawa

TRADUIT DU JAPONAIS PAR MATHILDE TAMAE-BOUHON

ROMAN

Titre original : 本を守ろうとする猫の話 (HON O MAMO-ROUTOSURU NEKO NO HANASHI)

Traduction française : NiL éditions, Paris, 2022
Création graphique de la couverture : © Manon Bucciarelli
ISBN : 978-2-37891-093-8
Dépôt légal : mars 2022

PROLOGUE
Le point de départ de l'histoire

Tout avait commencé avec la mort de grand-père.

Aussi confuse qu'ait été l'histoire dès le début, cette vérité n'en demeurait pas moins inébranlable.

Aussi incontestablement que le soleil se levait le matin et que la faim se faisait sentir autour de midi, on aurait beau essayer de fermer les yeux, se boucher les oreilles et nier la réalité, le fait demeurerait que Grand-père ne reviendrait pas. Évidence aussi cruelle qu'implacable, à laquelle Rintarô Natsuki ne pouvait que faire face en silence.

Aux yeux de son entourage, Rintarô avait tout du jeune homme flegmatique. Au point que certains convives avaient dû s'en inquiéter, lors des funérailles ; car il paraissait bien serein, pour un lycéen qui venait soudain de perdre sa seule famille. La vue de sa silhouette rigide, isolée dans un coin de la salle et plongée dans la contemplation du portrait du défunt, provoquait un sentiment indescriptible.

Rintarô n'était pas un garçon particulièrement calme et posé, cependant. Selon lui, un être à l'aura aussi insaisissable et surnaturelle que Grand-père ne pouvait se plier à un concept aussi définitif que la mort.

Il avait beaucoup de mal à croire que le vieil homme, qui menait une vie calme dans un quotidien monotone et parfaitement réglé, sans jamais se lasser ni se fatiguer, se fût laissé aussi facilement emporter par les dieux de la mort ; l'annonce même de son trépas avait semblé tout droit sortie d'une mauvaise comédie.

L'aïeul paraissait si égal à lui-même, bien calé dans son cercueil blanc, que l'adolescent n'aurait à vrai dire pas été surpris de le voir se relever d'un bond, comme si de rien n'était, avant de mettre la bouilloire sur le réchaud et de préparer du thé d'un geste familier.

Mais le temps avait beau s'écouler, le défunt n'ouvrait pas les yeux – sans même parler de brandir sa tasse préférée. Il se contentait de rester tranquillement étendu dans son austère écrin.

De temps à autre, les convives, qui se relayaient pour réciter les sutras dans un murmure aussi continu que soporifique, venaient glisser quelques mots à Rintarô.

Tout avait commencé avec la mort de Grand-père.

Cette vérité prenait lentement racine dans le cœur du garçon.

— Quelle affreuse histoire, Grand-père, avait-il finalement chuchoté d'une voix ténue.

Pas de réponse.

*

Rintarô Natsuki était un adolescent moyen. Un lycéen des plus ordinaires, de petite taille, aux lunettes plutôt épaisses, pâle et taciturne, peu athlétique, qui ne pratiquait aucun sport et n'avait pas de sujet de prédilection.

Ses parents avaient divorcé dans son enfance, après quoi sa mère était morte jeune, si bien qu'il avait été recueilli par son grand-père au moment d'entrer à l'école primaire. Depuis, ils avaient vécu ensemble, tous les deux. Si de telles circonstances pouvaient sembler inhabituelles pour un jeune homme de son âge, aux yeux de l'intéressé ce n'était guère plus que la routine.

Maintenant que son tuteur légal avait disparu, toutefois, l'affaire était en passe de se corser.

Quoi qu'on en dise, le décès de l'aïeul était des plus soudains.

Par un matin d'hiver plus rigoureux encore qu'à l'accoutumée, intrigué de ne pas voir dans la cuisine la silhouette de son grand-père d'ordinaire matinal, Rintarô avait passé la tête dans les ténèbres de sa chambre. Le vieil homme, encore allongé sur son futon, avait déjà cessé de respirer. Aucune douleur ne se lisait sur ses traits ; et après avoir examiné le corps, qui semblait simplement dormir telle une statue, le médecin de quartier avait conclu à un arrêt cardiaque, qui l'avait emporté sans la moindre souffrance.

« Il est mort paisiblement », avait-il déclaré.

Une phrase curieusement réconfortante, se souvenait avoir pensé Rintarô, aussi déplacé que cela puisse paraître. Peut-être sous le coup de l'émotion.

Comme s'il avait compris la difficile situation dans laquelle se trouvait l'adolescent, le médecin s'était empressé de contacter une parente éloignée, qui avait aussitôt accouru, en se présentant comme sa tante.

De la rédaction des faire-part à l'organisation des funérailles et autres cérémonies, cette femme à l'air aimable s'était occupée de tout, avec aisance et efficacité.

Rintarô l'avait regardée faire, sans vraiment prendre conscience de la situation, en se disant qu'il fallait au moins afficher une mine triste. Malgré ses efforts pour s'imaginer en pleurs devant le portrait, la scène ne lui semblait pas naturelle. Quelle ridicule comédie... Il voyait d'ici son grand-père, coincé dans son cercueil, un sourire amer sur les lèvres, l'implorer de mettre fin à cette mascarade.

Si bien que le jeune homme s'était contenté de lui faire ses ultimes adieux dans le plus grand calme.

Lorsqu'il fut parti, il ne resta plus, devant les yeux de Rintarô et de sa tante visiblement inquiète, que la boutique.

Même s'il n'avait pas laissé de dettes à proprement parler, le commerce n'avait pas non plus généré de bénéfices.

C'était une petite librairie d'occasions, nichée dans un coin de la ville, du nom de *Librairie Natsuki*.

*

— Sacrée sélection que vous avez là, décidément, déclara une voix masculine à l'oreille de Rintarô.

Sans se retourner, le regard rivé à la grande bibliothèque, Rintarô marmonna un « Ah bon ? ».

Face à lui, les rayonnages s'élevaient du sol au plafond, remplis d'innombrables ouvrages.

Shakespeare et Wordsworth, Dumas et Stendhal, Faulkner, Hemingway et Golding… une litanie sans fin d'épais chefs-d'œuvre du monde entier, accumulés au fil des ans, se déployait majestueusement sous ses yeux. Autant de livres qui, bien qu'anciens, n'accusaient pas la moindre usure, grâce aux soins constants de son méticuleux grand-père.

À ses pieds, l'antique réchaud brûlait avec entrain, son foyer flamboyant, pour un maigre effet qui laissait la boutique bien froide. Mais ce n'était pas seulement la température polaire qui lui glaçait les os, Rintarô le savait bien.

— Mettons que je prenne ces deux livres, poursuivit Ryôta Akiba, un lycéen qui fréquentait le même établissement, d'un an son aîné. À combien me les fais-tu ?

— Trois mille deux cents yens, répondit-il d'une voix faible en tournant légèrement la tête, les yeux plissés.

— Quelle mémoire, comme toujours ! s'exclama Akiba avec un sourire forcé.

De taille élancée, doté d'un regard franc, il débordait d'une assurance tranquille, sans pour autant en être désagréable. En plus de s'entraîner au sein du club de basket, il faisait partie des meilleurs élèves du lycée. Fils du médecin généraliste de la ville, il pratiquait toutes sortes d'activités, ce qui en faisait le parfait opposé de Rintarô.

— Oh, encore une trouvaille !

À ces mots, Akiba déposa une pile de cinq ou six livres sur le comptoir. Aussi doué pour les lettres que pour le sport, c'était un lecteur vorace, qui faisait partie des rares clients réguliers de la boutique.

— C'est vraiment une bonne librairie.

— Merci beaucoup. Prends ton temps pour choisir. On liquide tout, déclara Rintarô d'un ton aussi monocorde qu'ambigu.

— Je suis désolé pour ton grand-père, dit Akiba d'une voix plus sobre, après un moment de silence, avant de poser le regard sur les étagères, comme en quête d'un titre, et d'ajouter nonchalamment : Dire qu'il y a quelques jours encore il lisait tranquillement ici… C'est vraiment soudain.

— En effet, répondit Rintarô par pure politesse, sans amabilité ni considération particulière.

Sans s'en préoccuper, Akiba contempla son camarade, dont le regard était toujours levé vers les rayons.

— Mais ce n'est pas une raison pour sécher les cours sans prévenir. Tout le monde s'inquiète, tu sais.

— Qui, au juste ? Je ne vois pas qui pourrait s'inquiéter pour moi.

— N'as-tu donc aucun ami ? Remarque, ça te fait un fardeau en moins, déclara platement Akiba.

Mais ton grand-père, lui, doit s'en faire. À cause de toi, il doit continuer de flotter dans le coin, incapable de rejoindre le nirvana... Ce n'est pas bien de donner des soucis aux vieillards !

En dépit de son manque de tact, la sollicitude d'Akiba ne faisait aucun doute.

Était-ce à cause de la librairie ? Cet excellent élève veillait tout particulièrement sur son ermite de cadet. Même au lycée, il prenait soin de lui parler régulièrement, et l'effort qu'il faisait de lui rendre visite à la boutique pour passer un peu de temps avec lui, *a fortiori* en cette période difficile, démontrait encore sa prévenance.

Après avoir dévisagé un instant Rintarô, qui gardait le silence, Akiba reprit la parole.

— Au fait, vas-tu déménager, finalement ?

Le regard perdu sur les étagères, Rintarô acquiesça d'un air vague.

— Il a été décidé que j'irais vivre avec ma tante.

— Où ça ?

— Je ne sais pas encore. Après tout, je viens seulement de la rencontrer, expliqua Rintarô d'un ton détaché qui ne laissait pas transparaître la moindre émotion.

Akiba haussa légèrement les épaules avant d'inspecter le livre qu'il tenait à la main.

— C'est pour ça que tu liquides tout ?

— En effet.

— Mais c'est la seule librairie à être aussi bien fournie… Peu de boutiques, aujourd'hui, proposent encore l'intégrale de Proust en édition reliée. C'est ici que j'ai enfin trouvé *L'Âme enchantée* de Romain Rolland après l'avoir cherchée partout.

— Grand-père serait ravi de t'entendre.

— Et il le serait encore plus d'être toujours parmi nous ! Si j'étais ton ami, je pourrais t'emprunter vos livres les plus précieux le cœur léger… Mais voilà que tu déménages.

Rintarô ne sut que répondre à cette déclaration sans ambages d'Akiba, dont la sympathie cachait donc d'autres motivations. Il se contenta de fixer le mur de la boutique, contre lequel s'élevait une immense montagne de livres.

Librairie d'occasions ou pas, il y avait quelque chose d'admirable à continuer de faire tourner un commerce avec une telle sélection, sans se préoccuper des modes, et en proposant une telle abondance de titres épuisés. Toute sollicitude mise à part, l'appréciation d'Akiba semblait amplement justifiée.

— Quand dois-tu déménager ?

— Dans une semaine environ, je suppose.

— Toujours aussi précis dans ton organisation, à ce que je vois !

— Qu'est-ce que j'y peux ? La décision ne m'appartient pas, après tout.

— Pas faux.

Avec un nouveau haussement d'épaules, Akiba regarda le petit calendrier disposé sur le comptoir.

— La semaine prochaine, ce sera déjà Noël. Pas drôle pour toi, comme période.

— Ça ne me dérange pas plus que ça. Contrairement à toi, je n'ai rien prévu de spécial.

— Tu parles ! Je suis bien embêté, moi, avec toutes ces obligations. Comme j'aimerais, ne serait-ce qu'une fois, pouvoir attendre le Père Noël tout seul, sans me prendre la tête…

Akiba s'esclaffa à gorge déployée. Pour toute réponse, Rintarô se contenta de marmonner un « Vraiment ? ». Akiba poussa un soupir, déconcerté.

— Je sais que tu ne vois plus d'intérêt à aller en cours, mais tu dois régler tes affaires avant de partir. Et quoi que tu en dises, beaucoup dans ta classe s'inquiètent pour toi.

Akiba jeta un coup d'œil sur le comptoir, où s'empilaient imprimés et cahiers. Parmi eux, un carnet de correspondance.

Ce n'était pas lui qui les avait apportés, mais la déléguée de classe, passée plus tôt dans la journée.

La camarade en question, une dénommée Yuzuki, habitait tout près et connaissait Rintarô depuis l'école primaire. Avec son caractère bien trempé et méthodique, cependant, elle n'avait pas noué de relation particulièrement étroite avec cet ermite taciturne qu'était Rintarô.

Elle ne s'était pas retenue de pousser un soupir en voyant le jeune homme bayer aux corneilles.

« Tu comptes rester longtemps comme ça, à rêvasser tout seul dans ton coin ? » avait-elle demandé à Rintarô (qui avait hoché la tête, perplexe), avant de se tourner vers Akiba, sans dissimuler son agacement. « Et toi, qu'est-ce que tu fiches là ? Tout le club de basket te cherche ! » avait-elle éructé, sans complexe, avant de tourner les talons et de repartir.

Cette attitude brusque, qui lui venait plus naturellement que la sollicitude feinte ou les regards compatissants, avait quelque chose d'admirable et résumait parfaitement son caractère.

— Toujours aussi énergique, cette déléguée.

— Elle a le sens des responsabilités. Rien ne l'obligeait à venir m'apporter le carnet de correspondance…

Certes, elle n'habitait pas loin, mais le seul fait qu'elle ait bravé le froid mordant suffisait à prouver qu'elle se préoccupait sincèrement du bien-être de Rintarô.

— Ça fera un total de 6 000 yens, s'il te plaît, annonça-t-il à Akiba en se levant.

L'intéressé haussa un sourcil.

— Ça fait un peu cher, non? Je croyais que vous liquidiez tout?

— Je te fais déjà dix pour cent de réduction. Je ne peux pas aller au-delà. Il n'y a que des chefs-d'œuvre là-dedans.

— Je te reconnais bien là, Natsuki.

Avec un rire, Akiba sortit quelques billets de son portefeuille, puis récupéra son écharpe et ses gants sur le comptoir, avant d'endosser son sac en ajoutant :

— Et viens en cours, demain.

Affichant son sourire coutumier, il quitta le magasin.

Soudain, le silence se fit dans la boutique. Par-delà la porte à claire-voie, le soleil se couchait déjà, rougeoyant. Dans un coin, le réchaud, à court d'huile, faisait entendre de discrets gargouillements.

Le moment viendrait bientôt de monter à l'étage et de préparer le dîner – tâche habituelle pour Rintarô, qui était déjà en charge de ce repas du vivant de son grand-père.

Les yeux rivés sur l'entrée, pourtant, il ne bougea pas d'un pouce.

Il resta figé, en dépit de la course du soleil, de l'arrêt du réchaud et du froid qui s'engouffrait dans la boutique.

Chapitre 1

PREMIER DÉDALE
Celui qui enfermait les livres

La librairie d'occasions Natsuki était une petite boutique dissimulée dans une vieille ruelle résidentielle.

De construction singulière, elle se composait d'une seule allée longue et étroite, flanquée de part et d'autre de hautes bibliothèques. Un parquet lustré réfléchissait la lumière des lampes rétro suspendues au plafond.

À mi-chemin se dressait une petite table faisant office de comptoir, seul aménagement avant le mur lambrissé du fond. Depuis l'entrée, le magasin paraissait bien plus profond qu'il ne l'était en réalité, avec son couloir tapissé de livres qui semblait plonger dans des ténèbres sans fin.

C'était là, au milieu de cette boutique, que Grand-père aimait à parcourir ses livres en silence. Sa silhouette studieuse demeurait gravée dans la mémoire de Rintarô, tel un tableau de maître d'une élégante simplicité.

«Les livres ont du pouvoir», répétait-il sans cesse.

Le vieil homme était d'un naturel taiseux, même avec son petit-fils; mais que l'on en vienne à parler livres, et il se lançait dans une tirade enflammée, les yeux plissés.

«Les plus puissants sont les textes anciens, qui ont traversé les âges. Lis suffisamment d'histoires édifiantes et tu seras entouré d'amis fidèles.»

Rintarô examina avec attention les étagères qui recouvraient les murs de la boutique.

Pas le moindre best-seller à la mode, manga populaire ou magazine… À une époque où la vente de livres se portait mal, une telle politique inquiétait les clients réguliers, qui ne se privaient pas de le faire remarquer au patron. Mais le vieillard se contentait d'acquiescer docilement, sans pour autant retirer les intégrales de Nietzsche et d'Eliot qui ornaient ses rayons.

Aux yeux de Rintarô, qui peinait tant à trouver sa place au lycée, l'endroit offrait un refuge au sein duquel il pouvait dévorer tous les livres un à un.

Et voilà que dans quelques jours, le jeune homme devrait quitter ce havre, ce sanctuaire caché.

— Quelle affreuse histoire, Grand-père, murmura Rintarô.

Un son discret le ramena soudain à la réalité : c'était la clochette de la porte d'entrée.

Il ne pouvait s'agir d'un client, puisque la boutique était officiellement fermée. Dehors, la nuit était déjà tombée. Combien de temps avait pu s'écouler depuis qu'Akiba était reparti avec ses achats ?

Rintarô inspecta de nouveau les étagères. Avait-il rêvé ?

— Quelle boutique sinistre, lança alors une voix.

Avec un sursaut, il se tourna vers l'entrée. Personne.

— Tellement sinistre qu'elle en étouffe la splendeur de cette collection.

La voix semblait venir du fond du magasin. Rintarô regarda partout, paniqué. Toujours personne. Il baissa alors la tête : devant lui se tenait un chat tigré.

C'était un matou replet, à la robe brun et feu. Ses motifs rayés lui couvraient le haut du visage et le dos, tandis qu'il avait le menton, le ventre et les pattes d'un blanc immaculé. Tapi dans l'ombre, il fixait Rintarô de ses yeux d'un vert de jade étincelant.

Sa queue souple ondulait, hypnotique.

— Un chat ? chuchota le jeune homme.

— Tu as un problème avec les chats ? répliqua le félin.

Pas d'erreur : c'était bien lui qui avait parlé.

Abasourdi, Rintarô ferma les paupières et compta trois secondes avant de les rouvrir.

Un pelage tricolore, une queue touffue, deux yeux perçants et une paire d'oreilles triangulaires : pas de doute, c'était bien un chat.

Un chat dont les longues moustaches tressaillaient, à présent.

— Un souci avec tes yeux, gamin ? s'enquit-il d'une voix rugueuse.

— C'est-à-dire que…, bredouilla Rintarô, hésitant. Même si je n'ai pas une très bonne vue, je dois me rendre à l'évidence : j'ai devant moi un chat… qui parle.

— Bien, acquiesça le matou d'un air satisfait et amusé, avant d'ajouter : On m'appelle le Tigre.

Voilà qui dépassait l'entendement. Mais ce n'était pas une raison pour oublier les bonnes manières.

— Mon nom à moi est Rintarô Natsuki.

— Je le sais bien. Tu es le successeur du libraire.

— Pardon ? s'étonna l'adolescent.

Première nouvelle.

— Désolé, je ne suis qu'un *hikikomori*, protesta-t-il. L'expert en livres, c'était mon grand-père, mais il est mort.

— Aucun problème. En ce qui me concerne, tu feras parfaitement l'affaire, junior, proclama le Tigre avec arrogance, sans quitter Rintarô des yeux. Prête-moi ta force.

— Ma force ?

— Tout juste. Ta force.

— Que veux-tu dire par là ?

— Quantité de livres sont enfermés là-bas.

— Des livres ?

— Qui es-tu, un perroquet ? Cesse de tout répéter comme un imbécile !

La phrase eut sur Rintarô l'effet d'une gifle.

Sans s'en préoccuper, le chat poursuivit d'une voix égale :

— Je dois libérer tous ces livres séquestrés. Prête-moi ta force !

Ses iris de jade brillaient d'un éclat surnaturel.

Rintarô soutint son regard sans un mot avant d'ajuster ses lunettes.

C'était un tic, chez lui, lorsqu'il réfléchissait.

L'effet de la fatigue, probablement, songea-t-il, les yeux clos, la main toujours sur la monture de ses lunettes.

Sans doute s'était-il endormi, épuisé par le deuil et les funérailles de son grand-père, et était-il en train de rêver…

Tout à son raisonnement, il rouvrit les yeux. Le chat se trouvait toujours devant lui, pourtant, confortablement assis.

Voilà qui était ennuyeux…

Maintenant qu'il y repensait, il avait été tellement occupé à contempler les rayons de la librairie, ces derniers jours, qu'il en avait pris du retard dans ses lectures. Où avait-il bien pu laisser son exemplaire de *Candide* ? Cette question insignifiante lui traversa l'esprit.

— Tu m'écoutes, junior ? s'impatienta le Tigre.

Sa voix acérée tira Rintarô de ses pensées brumeuses.

— Je te le répète : j'ai besoin de ta force afin de sauver ces livres.

— Malgré ton insistance…

Rintarô choisit ses mots avec soin.

— … je crains de ne pouvoir t'être d'une grande aide. Comme je te l'ai dit, je ne suis qu'un lycéen asocial, plaida-t-il en s'asseyant sur une chaise.

Il n'osait refuser ouvertement la requête – telle était l'autorité du félin.

— Aucun problème. Je sais parfaitement que tu n'es qu'un reclus pessimiste doublé d'un jeune bon à rien. C'est en connaissance de cause que je t'adresse ma demande, persifla le chat sans se démonter.

— Si tu le sais, pourquoi te donner tout ce mal ? Je suis sûr que tu peux trouver plein de gens plus utiles que moi.

— Cela va sans dire.

— Et puis mon grand-père vient de mourir, alors je n'ai pas trop le moral.

— Ça aussi, je le sais bien.

— Dans ce cas…

— N'aimes-tu pas les livres ? l'interrompit le Tigre, impérieux.

Sa voix, bien que douce, ne souffrait pas la contradiction. Aussi obscures que semblaient ses paroles, son charisme et sa dignité suffisaient à étouffer le bon sens de son interlocuteur.

Ses yeux de jade continuaient de fixer Rintarô.

— Bien sûr que si, je les aime…

— Alors, pourquoi hésites-tu ?

Décidément, ce matou avait de l'assurance à revendre.

Rintarô ajusta une nouvelle fois ses lunettes.

Malgré toutes ses tentatives pour analyser les événements, il ne parvenait pas à trouver de réponse logique. La situation lui échappait totalement.

— Les choses les plus importantes sont toujours les plus difficiles à comprendre, junior, déclara le chat, comme s'il lisait dans ses pensées. La plupart des hommes poursuivent leur existence sans jamais prendre conscience de telles évidences. «On ne voit bien qu'avec le cœur. L'essentiel est invisible pour les yeux.»

— Ça alors… (Rintarô haussa les sourcils.) Jamais je n'aurais cru entendre un chat me citer *Le Petit Prince*.

— Tu n'aimes pas Saint-Exupéry?

— C'est un de mes auteurs préférés, répondit Rintarô en posant la main sur une bibliothèque à proximité. Mais j'ai toujours pensé que *Vol de nuit* était son chef-d'œuvre. Même si *Courrier sud* n'est pas à jeter non plus.

— Bien, ricana le chat.

Était-ce parce qu'il lui rappelait son grand-père? Rintarô éprouvait une sorte de nostalgie devant le caractère posé du félin. L'aïeul, cependant, était bien moins loquace.

— Vas-tu me prêter ta force, alors? insista l'animal.

Rintarô hocha légèrement la tête.

— Est-ce que je peux refuser?

— Bien sûr, rétorqua le chat du tac au tac. Mais j'en serais terriblement déçu, ajouta-t-il d'un ton grincheux.

Rintarô esquissa un sourire contrit.

Un chat qui surgissait soudain pour lui demander son aide, puis se disait déçu s'il refusait… Rien de tout cela n'avait de sens, mais au moins le félin avait-il le bon goût de s'exprimer sans détour.

Décidément, il ressemblait de plus en plus à Grand-père…

— Que devrai-je faire ? demanda Rintarô en soutenant son regard.

— Me suivre.

— Où donc ?

— Tu verras bien, répliqua le chat en tournant l'échine.

À pas de velours, il se dirigea vers les ténèbres au fond du magasin.

Il avançait d'un air résolu, sans même jeter un regard en arrière. Après une courte hésitation, Rintarô prit sa suite. À peine eut-il fait quelques pas qu'un étrange pressentiment l'étreignit.

En dépit de sa forme allongée, la boutique n'était pas très profonde.

Ce jour-là, pourtant, ils continuèrent d'avancer sans rencontrer le moindre mur.

L'allée semblait s'étirer sans fin, et les lampes suspendues au plafond continuaient de se succéder à intervalles réguliers, sans qu'on puisse en voir le bout. Les livres alignés sur les rayons devenaient impossibles à distinguer clairement. Outre des ouvrages récents à la brochure banale, il y avait aussi de vieux textes reliés à la japonaise et de merveilleuses antiquités à la couverture en cuir estampée d'or, qui formaient un couloir richement garni.

— Qu'est-ce que..., bredouilla Rintarô, bouche bée.

— Alors, junior, on est intimidé? demanda le chat en tournant la tête. Si tu veux te défiler, c'est maintenant.

— Je suis juste étonné de voir tous ces livres... Depuis quand sont-ils là? murmura le jeune homme, le regard perdu au loin.

Il posa les yeux sur le chat et haussa les épaules.

— Avec une telle collection, j'aurais de quoi m'occuper encore un bon moment. Je vais demander à ma tante de retarder le déménagement.

— La plaisanterie est médiocre, mais sur le fond, tu n'as pas tort. Le monde ne manque pas de choses défiant la logique, voire d'événements complètement irrationnels. La meilleure arme pour survivre dans un quotidien accablé par la douleur, ce n'est ni la logique ni la force, mais l'humour.

Après avoir devisé tel un philosophe des temps anciens, le Tigre reprit tranquillement sa marche.

— Allons-y, junior.

Rintarô lui emboîta le pas, comme entraîné par sa voix impérieuse.

Les tomes épais défilaient sans fin sur les rayons de part et d'autre du couloir. Garçon et chat continuèrent d'avancer sans un bruit dans cette allée mystérieuse, nimbée d'une lumière blafarde qui se fit de plus en plus forte, jusqu'à tout occulter.

*

Lorsque la clarté aveuglante se dissipa enfin, un nouveau spectacle s'offrit aux yeux de Rintarô : celui d'un albizzia qui ondulait doucement dans le vent, son feuillage caressé par le soleil.

Ils se trouvaient sur un chemin de pierre illuminé par une lueur immaculée. Les branches de l'albizzia s'étiraient au-dessus de leurs têtes, entrecoupant les rayons du soleil. Sous l'arbre à soie se dressait…

— Un portail, murmura Rintarô en plissant les yeux.

C'était un magnifique portique traditionnel surmonté d'un toit de tuiles et juché au sommet d'un petit escalier en pierre. L'immense battant, au lustre impeccable, avait quelque chose d'exceptionnellement intimidant. Une plaque était accrochée sur le linteau, vierge de tout nom. La lumière qui tombait sur les tuiles noires, filtrée par les arbres, projetait des éclats aveuglants, comme autant de gouttelettes miroitantes.

De part et d'autre du portail s'élevait un mur de terre ocre parfaitement entretenu, au pied duquel le chemin pavé se poursuivait, d'une propreté irréprochable, sans qu'on puisse en distinguer l'extrémité. Personne dans les parages, bien sûr.

— Nous sommes arrivés, annonça le chat. Voilà notre destination.

— Il y a des livres, ici ?

— Oui. Ils sont enfermés.

Rintarô leva une nouvelle fois les yeux vers le splendide albizzia qui les surplombait, ses branches chargées de pompons soyeux.

On était pourtant bien en décembre… Ce n'était pas du tout la saison de la floraison pour cet arbre. Mais rien, ici, ne semblait obéir à la logique, de toute façon ; alors pourquoi remettre en question ces fleurs courageuses ? se reprocha Rintarô, conscient de son arrogance.

— Quelle superbe demeure ! Le portail à lui seul fait la taille de notre boutique.

— Rassure-toi, ce n'est que de la poudre aux yeux. Le monde est peuplé de gens qui, derrière un portail grandiose, dissimulent des pénates misérables.

— En tant que lycéen dont le portail est aussi misérable que la demeure, j'aimerais bien avoir au moins ce genre de fronton.

— Si tu veux te plaindre, c'est le moment. Car sache qu'en cas d'échec, tu ne pourras plus quitter ce labyrinthe.

Cet avertissement soudain laissa Rintarô sans voix.

— Première nouvelle !

— Bien sûr. Si je te l'avais dit plus tôt, tu ne m'aurais pas suivi. Le monde regorge de choses qu'il vaut mieux ne pas savoir.

— C'est horrible…

— Crois-tu ? Pourtant, tu n'as rien à perdre, toi qui restais assis à broyer du noir d'un air stupide dans cette boutique lugubre.

La remarque, aussi juste que cinglante, résonna dans l'air. Décidément, le matou ne prenait pas de gants.

Rintarô contempla le ciel un instant.

— C'est contre mes principes de maltraiter les animaux, murmura-t-il en ajustant ses lunettes. Mais je suis bien tenté de t'attraper par la peau du cou pour te secouer dans tous les sens !

— Ah, tu te montres enfin combatif, approuva le chat d'un air posé en gravissant les cinq marches de l'escalier menant au portail.

Rintarô le suivit, paniqué.

— Et si on ne peut plus repartir, qu'est-ce qu'il se passe ?

— Bonne question. Peut-être seras-tu condamné à errer éternellement le long de ce mur, mais comme ce n'est encore jamais arrivé, il n'y a aucun moyen de le savoir avec certitude.

— Mais c'est affreux! répliqua le jeune homme, interdit, avant d'examiner l'imposante porte en bois. Alors, qu'est-ce que je dois faire?

— T'entretenir avec le maître de ces lieux.

— Et ensuite?

— Si tu parviens à lui faire entendre raison, notre rôle s'arrête là.

— C'est tout? s'enquit Rintarô en haussant les sourcils.

— J'ai une autre mission pour toi, ajouta alors le chat d'un air mutin. Sonne à la porte.

Rintarô s'exécuta.

*

Une belle femme, vêtue d'un modeste kimono indigo, vint à leur rencontre. Si ses manières posées lui donnaient une aura de maturité, son âge restait néanmoins impossible à deviner. La froideur qui se dégageait de son attitude, son regard baissé qui rendait son expression illisible, l'épingle rouge qui traversait son chignon traditionnel de femme mariée, son teint de porcelaine : tout, chez elle, rappelait une délicate poupée japonaise.

Face à cette surprenante apparition, Rintarô perdit aussitôt ses moyens.

— Quel vent vous amène ? leur demanda-t-elle d'une voix dénuée de toute inflexion.

— Nous désirons nous entretenir avec le maître de ces lieux, répondit le chat à la place de son compagnon, trop perturbé pour parler.

La dame baissa nonchalamment le regard vers le félin posté à ses pieds.

Rintarô prit peur.

— Le maître est très occupé, répondit-elle comme si de rien n'était. Je doute qu'il accepte les visites inopinées…

— C'est pour une affaire de la plus haute importance, insista le chat avec impudence. Et urgente, qui plus est. Si vous voulez bien le lui transmettre…

— Chaque jour, mon mari reçoit nombre de visiteurs pour des affaires aussi pressantes que capitales. C'est un homme très occupé. La télévision et la radio le sollicitent sans cesse. Son emploi du temps ne lui permet pas d'accueillir les visiteurs à l'improviste. Je vous prie de repasser un autre jour.

— Nous n'avons pas ce loisir, répliqua le chat avec une assurance exceptionnelle.

La dame au kimono se figea.

— Le jeune homme que voici doit absolument s'entretenir avec le maître de maison. C'est au sujet de ses livres. Je suis sûr que cette information suffira à le faire changer d'avis.

Leur hôtesse garda un moment le silence face à l'attitude autoritaire du félin.

— Un instant, je vous prie, murmura-t-elle finalement, avant de s'incliner et de disparaître à l'intérieur du bâtiment.

Rintarô se tourna vers le chat, stupéfait.

— Qui est-ce qui doit « absolument s'entretenir avec le maître de maison », au juste ?

— Ne t'embarrasse pas de ces détails. L'essentiel, c'est de ne pas se laisser démonter. Une fois que nous serons entrés, il sera toujours temps de réfléchir à la suite.

— Vraiment... ?

Rintarô eut un instant d'hésitation avant de souffler :

— Haut les cœurs.

La dame au kimono reparut et leur adressa un signe de tête.

— Veuillez me suivre, chuchota-t-elle de sa voix monocorde.

*

À l'intérieur se dressait la plus vaste demeure que Rintarô eût jamais vue.

Ils franchirent la porte de l'entrée principale et se déchaussèrent sur le sol en terre battue. Ils traversèrent ensuite un couloir en bois brut poli puis une galerie extérieure baignée de soleil, avant d'emprunter un autre corridor pour rejoindre la pièce suivante.

Depuis le couloir, ils aperçurent un vaste jardin japonais circulaire où des bouscarles chanteuses se répondaient d'arbre en arbre et où s'épanouissaient des azalées en fleur. Ici non plus, il n'y avait plus de saisons.

— Ne m'as-tu pas dit que ce portail dissimulait une demeure misérable ?!

— Ce n'était qu'une image. Ne gaspille pas ta salive.

Leur guide ne souffla mot tandis que Rintarô et le chat échangeaient à voix basse.

À mesure qu'ils avançaient, le paysage commença à changer et la demeure, que l'on aurait pu prendre jusque-là pour une maison japonaise traditionnelle, devint des plus curieuses.

Les couloirs de bois brut laissèrent soudain la place à un escalier de marbre, tandis qu'une rampe chinoise aux peintures éclatantes apparut, surplombant un immense jardin dans lequel se dressait une fontaine superbe ornée d'une statue de femme nue. Une porte coulissante représentant un bosquet de bambous s'ouvrit pour révéler une grande salle éclairée d'un lustre et meublée d'une table Art déco sur laquelle trônait un vase richement coloré.

— Je commence à avoir mal à la tête..., souffla Rintarô.

— Et moi donc, acquiesça le Tigre avec une franchise inhabituelle.

— On dirait que l'endroit a été décoré avec des objets pris un peu partout à travers le monde.

— Il y a de tout, mais il n'y a rien, décréta le félin, comme dans un dialogue zen. Il n'y a là ni philosophie, ni pensée, ni goût. Aussi riche qu'elle paraisse en surface, si l'on gratte un peu, il ne s'agit que d'une collection d'objets pris au hasard. C'est le comble de la pauvreté.

— Inutile de te montrer si dur.

— Les faits sont les faits, insista le chat. Qui plus est, dans notre monde actuel, c'est quelque chose de courant, que l'on constate au quotidien.

— Cette demeure, l'interrompit leur guide d'une voix douce, est marquée par les riches expériences et la vision profonde de son propriétaire. Peut-être cela est-il difficile à comprendre pour vous.

Rintarô crut tout d'abord à une plaisanterie, mais il ne pouvait voir le visage de leur hôtesse. Le ton de sa voix, en tout cas, ne trahissait pas la moindre trace d'humour.

Ils continuèrent leur progression dans cet air chargé d'une étrange tension.

Les distances séparant galeries, escaliers et couloirs n'avaient rien d'habituel. Sur leur chemin se succédaient défenses d'éléphant gravées, aquarelles, bustes de Vénus, sabres japonais et autres ornements agencés sans rime ni raison. Leur itinéraire changeait si souvent de direction dans ce décor chaotique qu'ils perdirent rapidement tout sens de l'orientation.

— Tout va bien ? leur demanda plusieurs fois leur guide en leur jetant un regard par-dessus son épaule.

Les deux visiteurs n'avaient guère d'autre possibilité que la suivre.

— Même si vous me disiez de repartir, je ne suis pas sûr de pouvoir retrouver la sortie sans encombre, fit valoir le jeune homme.

— Pas d'inquiétude, junior, le consola le Tigre. Je suis aussi déboussolé que toi.

Il avait le chic pour dire les choses les plus simples comme si elles avaient de l'importance.

Leur périple prit bientôt fin.

Empruntant un couloir tapissé de moquette rouge, la femme s'arrêta devant une porte coulissante au motif de damier.

— Nous y sommes, annonça-t-elle.

À peine eut-elle posé la main sur la poignée que le panneau glissa sans peine. Rintarô écarquilla les yeux en découvrant l'espace qui se déployait devant eux.

C'était un hall immense, aux murs, sol et plafond entièrement blancs.

Outre sa couleur unie, qui brouillait la perspective, ses dimensions dépassaient l'entendement. Le plafond flottait aussi haut que celui d'un gymnase et, à l'exception du mur derrière eux, l'absence de limites visibles rendait la superficie impossible à évaluer.

Cette zone aussi vaste qu'immaculée était entièrement remplie de vitrines blanches et bien ordonnées. Il y avait là plusieurs dizaines de caissons de verre, tous plus hauts que Rintarô, qui ne parvenait même pas à voir l'extrémité de la rangée placée devant lui.

Mais le plus surprenant n'était pas tant la longueur inhabituelle de ces rangées que leur contenu, exclusivement constitué de livres.

Dans chaque vitrine, aussi loin que portait le regard, étaient empilés des volumes posés à plat. Même sans savoir avec certitude jusqu'où allaient les rayonnages de cette gigantesque bibliothèque, la seule partie visible excédait déjà de très loin les dimensions d'une collection privée bien fournie.

— Incroyable…, murmura Rintarô, presque suffoqué, en se promenant entre les étagères.

Les livres ici renfermés représentaient une grande variété de domaines, d'époques et de sujets. Littérature, philosophie, poésie, correspondances, chroniques et écrits de genres divers emplissaient l'espace en qualité et quantité écrasantes.

De plus, les ouvrages étaient en si parfait état qu'on les aurait crus neufs.

Bref, le tout offrait un spectacle splendide.

— C'est la première fois que je vois une collection aussi extraordinaire…

— Votre compliment m'honore, lança une voix de stentor de l'autre côté des rayonnages.

Regagnant l'entrée, Rintarô suivit les indications de la voix pour se diriger entre les étagères et, après avoir compté une bonne dizaine de rangées, repéra un homme de haute stature assis sur un siège blanc.

L'homme arborait un costume aussi immaculé que le sol poli. Installé sur une petite chaise pivotante, il était plongé dans un livre ouvert sur ses genoux croisés. Les étagères dressées derrière lui étaient encore vides. Ils devaient donc se trouver tout au fond de la bibliothèque.

— Bienvenue dans ma salle de lecture, dit l'homme en levant la tête vers Rintarô.

Son sourire serein et son regard acéré se mariaient admirablement avec ses manières raffinées.

Rintarô se remémora les propos de la dame au sujet de la radio et de la télévision. Ce genre de profession irait très bien à cet homme.

— À le voir, il a l'air d'une personne intelligente, murmura Rintarô.

— Ne te laisse pas impressionner si vite. Reste sur tes gardes, rétorqua son compagnon à quatre pattes.

L'homme dévisagea garçon et chat tour à tour avant d'ouvrir la bouche.

— Est-ce donc toi qui es venu me rapporter cette « histoire de la plus haute importance concernant les livres » ?

— Hein ? fit platement Rintarô.

Un éclair glaçant traversa les pupilles de leur hôte.

— Je regrette, je suis très occupé. Je n'ai pas de temps à perdre avec la visite d'un garnement qui reste planté là, l'air hagard, sans même me saluer ni se présenter.

— Pardonnez-moi. Mon nom est Rintarô Natsuki, répondit l'intéressé avant d'esquisser un salut raide.

— Je vois. (L'homme plissa les yeux.) Dans ce cas, allons droit à l'essentiel. S'il s'agit d'une histoire importante et qu'elle concerne les livres, il se peut que je sois intéressé.

Rintarô ne sut que répondre. Pour commencer, il n'avait rien d'important à dire. Paniqué, il se tourna vers le chat, dont les moustaches ondulaient paisiblement.

— Nous sommes venus libérer les livres, déclara le Tigre.

Plissant les yeux de plus belle, l'homme baissa la tête vers lui. Au fond de ses prunelles brilla un éclat intimidant.

— Comme je viens de vous le dire, je suis terriblement occupé. J'ai quantité de choses à faire, passer à la télévision et à la radio, donner des conférences, écrire des articles. Au milieu de ces innombrables activités, je dois encore trouver le moyen de parcourir tous les livres du monde. Je regrette, je n'ai pas de temps à perdre avec des sornettes.

L'homme poussa un profond soupir et consulta ostensiblement sa montre.

— Vous m'avez déjà fait perdre deux précieuses minutes. Si vous en avez fini, je vous demanderai de repartir.

— Nous n'avons même pas encore commencé...

— Au risque de me répéter, coupa l'homme avec un regard mauvais au chat, je suis très occupé. Je n'ai encore lu que soixante-cinq volumes sur ma centaine habituelle. Rentrez chez vous !

— Une centaine ? s'exclama Rintarô, abasourdi. Vous lisez cent livres par an ?

— Par an ? Non, par mois !

D'un geste théâtral, l'homme feuilleta l'ouvrage posé sur ses genoux.

— Vous comprendrez donc que je sois très affairé. Si j'ai accepté de vous recevoir, c'était dans l'espoir que ce que vous auriez à me dire se révélerait intéressant pour moi, mais j'ai commis une lourde erreur. Si vous persistez à me déranger, je serai contraint de vous faire évacuer de force. Quant à savoir si, une fois hors de cette pièce, vous pourrez retrouver la sortie sans encombre, cela ne me concerne plus.

Un épouvantable frisson parcourut l'échine de ses visiteurs lorsqu'ils entendirent ces derniers mots.

Un silence pesant s'abattit, uniquement ponctué par le bruissement sec des pages que l'homme faisait tourner. Le Tigre lui adressa un regard menaçant dont il ne sembla pas du tout se soucier. Il gardait le nez plongé dans son ouvrage, comme s'il avait déjà oublié la présence de ses visiteurs.

C'est dans cette ambiance glaciale que Rintarô promena inconsciemment son regard sur les rayonnages.

Les livres alignés représentaient une grande variété de contenu. On aurait même pu les dire pris au hasard.

Il n'y avait pas là que de la littérature générale ; magazines, cartes, dictionnaires y étaient également rangés sans la moindre classification.

Si la librairie Natsuki proposait, elle aussi, une vaste sélection, celle-ci illustrait d'une certaine manière la philosophie de Grand-père. À l'inverse, les vitrines que contemplait Rintarô paraissaient contenir de tout, dans un ensemble chaotique.

L'homme continuait de feuilleter son livre.

— Avez-vous lu tout l'œuvre de Nietzsche ? murmura l'adolescent en se tournant vers l'étagère située derrière lui.

La vitrine contenait une collection de chefs-d'œuvre du maître, allant d'*Ainsi parlait Zarathoustra* à sa correspondance.

— Moi aussi, j'aime Nietzsche, ajouta-t-il.

— Beaucoup de personnes en ce monde prétendent l'aimer, répliqua leur hôte sans lever le nez de sa lecture. Mais les personnes ayant véritablement lu ses œuvres se comptent sur les doigts de la main. Les autres se contentent d'aphorismes et d'extraits vidés de leur essence, qu'ils endossent comme un manteau à la mode. N'est-ce pas aussi ton cas ?

— « Le chercheur se contentant de feuilleter les livres finit par perdre la capacité de penser. Qu'il cesse d'en tourner les pages, et il ne pense plus. »

À cette citation, l'homme leva lentement la tête.

— Nietzsche était vraiment un sale type, n'est-ce pas ? s'empressa d'ajouter Rintarô. Voilà pourquoi je l'aime.

Sans bouger, l'homme dévisagea un moment cet interlocuteur décidément imprévisible. Dans ses yeux pleins de mépris et d'indifférence brillait comme une étincelle de curiosité. Bientôt, il referma son livre de sa main blanche.

— Entendu. Je t'accorde un peu de mon temps.

L'atmosphère se détendit légèrement.

Le chat posa un regard surpris sur Rintarô, mais celui-ci ne prit pas soin de lui répondre.

De nouveau submergé par une pression écrasante face à son interlocuteur, l'adolescent s'écria d'une voix forte, comme pour chasser son envie de fuir :

— J'ai entendu dire que vous enfermiez les livres par milliers. Voilà pourquoi je suis venu ici.

— Il ne faut pas juger sur la foi d'une rumeur. Vois par toi-même. Je ne fais que lire ces ouvrages et, une fois ma lecture terminée, en conserver précieusement un exemplaire sur ces étagères.

— Une fois votre lecture terminée ? Avez-vous lu tous les livres rassemblés ici ?

— Évidemment.

L'homme balaya la pièce d'un grand geste.

— Depuis l'étagère située à l'entrée par laquelle vous êtes arrivés, jusqu'à l'endroit où je me tiens, il y a en tout cinquante-sept mille six cent vingt-deux livres. Ceux que j'ai lus jusqu'à aujourd'hui.

— Cinquante-sept mille…, souffla Rintarô.

L'homme esquissa un sourire devant sa mine stupéfaite.

— Ne sois pas surpris. Un éminent érudit comme moi se doit de lire constamment un grand nombre d'ouvrages afin d'enrichir son savoir et sa philosophie. J'irais même jusqu'à affirmer que les livres ici rassemblés m'ont soutenu jusqu'à aujourd'hui. Tous représentent de précieux partenaires pour moi. Tu comprendras donc que vos accusations infondées me troublent profondément.

Croisant lentement ses longues jambes, l'homme toisa Rintarô avec arrogance. L'orgueil et l'assurance démesurés qui émanaient de lui ajoutaient silencieusement à l'atmosphère déjà pesante.

Rintarô tint bon, néanmoins, car au-delà de cette pression asphyxiante, un détail le laissait sincèrement perplexe.

— Mais les laisser alignés comme ça…

Les étagères étaient enfermées derrière des portes de verre, aux poignées desquelles des cadenas étaient soigneusement accrochés.

« Il séquestre les livres », disait le chat. Même si Rintarô n'était pas sûr de comprendre le sens exact de cette expression, au moins savait-il que ce n'était pas un moyen normal d'entreposer sa collection. Beau mais étouffant. En résumé…

— C'est contre-nature, décréta le garçon.

L'homme fronça les sourcils.

— Ces livres me sont très précieux. Vous pourriez même dire que je les chéris. En quoi serait-il contre-nature de mettre de tels trésors sous clef ?

— Mais, ainsi, on dirait moins des livres que des œuvres d'art. Ces exemplaires ont beau être les vôtres, ainsi cadenassés il n'est pas facile de les prendre en main.

— Les prendre ? Pour quoi faire ? Puisque je les ai déjà lus !

C'était au tour de Rintarô d'être troublé par la réaction de son interlocuteur.

— On ne peut pas se contenter de les parcourir une fois. Il faut les relire…

— Les relire ? Serais-tu stupide ? éructa l'homme.

Ses paroles résonnèrent dans la pièce. Il posa ses longs doigts sur la vitre.

— Tu n'as donc rien entendu de ce que je t'ai dit ? Chaque jour, je suis occupé à lire de nouveaux ouvrages. J'ai déjà suffisamment de mal à respecter mon quota mensuel. Je n'ai pas le loisir de les lire une deuxième fois.

— Vous ne les relisez jamais ?

— Quelle question !

L'homme secoua la tête, comme profondément abasourdi devant l'incrédulité de Rintarô.

— Mettons ta bêtise sur le compte de ta jeunesse, si je ne veux pas désespérer devant l'inutilité de ces trois minutes de conversation. Écoute-moi bien. Il y a dans ce monde une montagne de textes. Un nombre incalculable d'œuvres ont été composées par le passé et continuent de l'être au présent. Je n'ai pas le temps de relire plusieurs fois le même ouvrage.

Les paroles de l'homme se répercutèrent dans le vaste hall. Rintarô éprouva une désagréable sensation de flottement, proche du vertige.

— Il y a dans ce monde une foule de gens se prétendant lecteurs. Cependant, on exige d'un homme de ma position qu'il lise plus que les autres. Une personne ayant lu vingt mille livres aura plus de valeur qu'une autre en ayant lu dix mille. Relire sans cesse le même ouvrage alors qu'il y en a tant d'autres à découvrir, ce n'est qu'une perte de temps.

Dans les yeux de l'homme miroitait une intelligence presque tranchante. Un éclair de confiance en soi écrasante, proche de la folie.

Sans un mot, Rintarô soutint son regard.

Ce n'était pas l'admiration ni la crainte, mais simplement la surprise qui le réduisait au silence.

Les propos de son hôte ne manquaient pas de logique.

Aussi biscornu que semblât chaque bloc, tous ensemble, ils formaient un grand mur sans la moindre faille. Le raisonnement se tenait, et l'homme en tirait fierté et satisfaction, c'est pourquoi il le formulait en des termes inébranlables.

« Les livres ont du pouvoir. »

Telle était la devise de Grand-père. Même cet homme prétendait avoir été soutenu par les livres. Ce qui revenait effectivement à leur prêter un grand pouvoir.

Cependant…, songea Rintarô en ajustant ses lunettes.

Quelque chose n'allait pas dans ces propos. Il y avait comme une distorsion quelque part.

Qu'aurait répondu Grand-père à l'interrogation de son petit-fils, de sa voix apaisante et familière ?

— Je suis très occupé, répéta l'homme pour la énième fois en pivotant lentement sur sa chaise pour faire face à sa bibliothèque.

Il ouvrit le livre sur ses genoux et désigna la porte.

— Rentrez chez vous.

Rintarô ne sut que répondre.

Même le chat rongeait son frein en silence.

L'homme, lui, avait déjà perdu tout intérêt à l'endroit de ses visiteurs et avait recommencé à feuilleter son livre.

Le bruit sec des pages qu'il tournait résonnait dans le silence. Un autre bruissement se fit entendre à l'autre bout de la vaste pièce, où la porte coulissante venait de s'ouvrir. Cette fois, il n'y avait plus trace d'une guide pour les escorter.

De l'autre côté de la porte s'étiraient d'épaisses ténèbres. Un courant d'air froid s'engouffra, arrachant un frisson à Rintarô.

— Réfléchis bien, junior, lui intima soudain le chat. La force de cet individu tient à la vérité présente dans ses paroles.

— La vérité ?

— Exactement. Dans ce dédale, la puissance de la vérité est la plus forte. Lorsque s'y ajoute la croyance, aussi tordue qu'elle puisse être, elle ne peut être vaincue facilement. Tout n'est pas vrai, cependant.

Le chat esquissa lentement un pas en avant.

— Il y a toujours une faiblesse. Même s'il manie les mots avec adresse, tous ne sont pas empreints de vérité. Il y a forcément un mensonge quelque part.

— Un mensonge… ?

Un léger mouvement dans l'air attira l'attention de Rintarô vers l'entrée.

Un vent soufflait depuis les ténèbres. Non, il y tournoyait, plutôt. Semblant tenter d'aspirer Rintarô et son compagnon à quatre pattes, il gagna peu à peu en force pour former un vortex d'une insondable vacuité. Une brise glaciale parcourut le dos du jeune homme.

Lorsqu'il se retourna vers leur hôte, celui-ci était toujours absorbé dans sa lecture, comme si de rien n'était. Aurait-il bientôt fini ? Il arrivait déjà aux dernières pages de son épais volume. Le livre terminé, il le placerait dans la vitrine scintillante, nouvelle addition à sa collection chaotique. Bien à l'abri derrière sa porte verrouillée, pour ne plus jamais être manipulé.

Nul doute : les livres, ici, étaient bel et bien séquestrés.

Alors que la tornade commençait à mugir, le chat prononça quelques mots, auxquels Rintarô ne répondit pas. Il se contentait de contempler fixement les innombrables livres qui emplissaient son champ de vision.

— Un mensonge, murmura-t-il finalement.

L'homme haussa légèrement les épaules.

— Il y a forcément un mensonge, répéta Rintarô d'une voix forte.

Cette fois, l'homme tourna la tête pour poser sur lui des yeux perçants, mais l'adolescent ne faiblit pas.

— Vous mentez. Vous avez dit chérir les livres. Mais ce n'est pas la vérité.

— En voilà une curieuse remarque.

La réponse avait fusé anormalement vite.

— Jeune homme, prends ton sale matou et dépêche-toi de déguerpir, avant que je ne me mette en colère.

— Vous n'aimez pas les livres, répéta Rintarô, fermement campé sur ses jambes.

L'homme sembla vaciller.

— Sur quelles bases…

— Il suffit de vous voir pour s'en rendre compte.

La voix de Rintarô résonna, bien plus forte qu'il ne l'eût cru. Passé l'effet de surprise, les mots lui vinrent naturellement.

— Certes, il y a ici quantité de livres, d'une variété exceptionnelle, touchant à un vaste éventail de domaines, et on compte même des ouvrages anciens, de grande valeur, rarement disponibles de nos jours. Mais c'est tout.

— « C'est tout » ?!

— Prenez par exemple ces dix volumes de la « trilogie des mousquetaires ».

Rintarô désigna une série de tomes reliés, alignés sur une étagère à sa gauche, le titre estampé d'or sur leur couverture d'un blanc vivifiant. Le chef-d'œuvre d'Alexandre Dumas siégeait là dans toute sa splendeur.

— Il n'est déjà pas courant de voir cette édition dans son intégralité, mais c'est à peine si ces dix tomes ont jamais été ouverts. Or, ce sont de gros livres. Même en les manipulant avec soin, on finirait par y laisser des marques. Pourtant, ceux-ci sont impeccables, comme s'ils venaient d'arriver.

— Pour moi, les livres sont des trésors. Je lis chaque ouvrage avec soin puis, une fois terminé, je le range ici avec les autres. C'est ma routine quotidienne, à laquelle je prends plaisir.

— Dans ce cas, pourquoi manque-t-il un tome ? fit remarquer Rintarô.

L'homme haussa les sourcils.

— La saga devrait en compter onze. Où est la dernière partie du *Vicomte de Bragelonne* ?

L'homme demeura muet, immobile comme une statue. Sans s'en préoccuper, Rintarô poursuivit, désignant cette fois l'étagère à sa droite.

— Cette édition du *Jean-Christophe* de Romain Rolland devrait être en trois volumes, et non deux. Il manque le tome central. Je ne vois pas non plus *Le Cheval et son écuyer* dans les *Chroniques de Narnia*. Vous pouvez bien prétendre chérir les livres, votre collection manque singulièrement de rigueur. Même si elle peut paraître exhaustive, à mieux y regarder, cette étagère n'est pas bien rangée.

Poursuivant son monologue d'une voix indifférente, Rintarô leva les yeux vers le plafond. Le vent avait commencé à faiblir.

— Ceci n'est pas une bibliothèque où conserver vos précieuses lectures. Ce n'est qu'une vulgaire vitrine dans laquelle exhiber vos possessions.

Il réfléchit un instant avant de se tourner vers son hôte.

— Un homme qui chérit les livres ne les traiterait pas de cette façon.

Rintarô se remémora le profil de son grand-père tandis qu'il feuilletait ses livres en silence.

Ce grand-père qui relisait maintes et maintes fois ses précieux ouvrages jusqu'à l'usure, esquissant un sourire satisfait tandis qu'il se lovait tranquillement dans le récit.

Ce grand-père qui s'occupait avec grand soin des livres de sa boutique, même si ce n'était pas dans un but décoratif.

Ce grand-père qui ne cherchait pas à créer un espace étourdissant de beauté, mais une librairie bien tenue, malgré son ancienneté, où l'on ait envie de se servir. C'était grâce à lui si Rintarô avait pu manipuler tous ces livres.

Un jour qu'il gardait la boutique, ce même grand-père lui avait tenu des propos qui l'avaient profondément marqué.

— C'est bien de lire beaucoup. Mais il y a une erreur à ne pas commettre, récita soudain Rintarô.

L'homme en blanc vacilla à nouveau. En l'absence de réponse, l'adolescent continua d'assembler les mots dans le silence pesant, comme s'ils lui revenaient un à un.

— Les livres ont un grand pouvoir. Mais ce pouvoir est celui des livres, pas le vôtre.

C'est une histoire qui remontait à bien longtemps. À l'époque où Rintarô séchait les cours pour parcourir frénétiquement les rayons de la librairie Natsuki. Lassé de l'école, l'adolescent s'était muré dans la lecture, perdant progressivement tout intérêt pour les échanges avec le monde extérieur, préférant s'immerger dans le monde imprimé sur la page. Grand-père avait exceptionnellement pris la parole face à son petit-fils.

« Si tu te contentes de lire des livres à tour de bras, ta vision du monde en restera limitée. Tu auras beau accumuler le savoir, si tu ne réfléchis pas par toi-même, si tu ne marches pas de tes propres jambes, tout cela ne sera que connaissances vides et empruntées. »

Devant son petit-fils qui hochait docilement la tête face à ces mots difficiles, il avait ajouté :

« Veux-tu n'être qu'un M. Je-Sais-Tout ? »

Rintarô ne se rappelait plus quelle avait été sa réponse. Mais le fait est qu'il avait repris peu après le chemin du lycée.

Même après cela, à ce petit-fils qui continuait de s'enfermer de temps à autre dans le monde des livres, le grand-père disait, tout en sirotant benoîtement sa tasse de thé :

« C'est bien de lire. Mais une fois la lecture terminée, vient le temps de marcher. »

Aujourd'hui encore, le jeune homme se demandait si ces mots ne visaient pas à le guider.

— Pourtant, je..., bredouilla soudain l'homme au complet blanc. C'est en accumulant quantité de livres que je suis arrivé à la position que j'occupe aujourd'hui. Plus nombreux seront les livres, plus puissant sera leur pouvoir. C'est ce pouvoir qui m'a conduit jusqu'ici.

— Raison pour laquelle vous allez jusqu'à les mettre sous clef, afin d'exhiber leur pouvoir comme s'il était le vôtre.

— Que veux-tu dire ?

— Vous vous croyez admirable. Vous vous êtes donné beaucoup de mal pour créer cette immense vitrine afin que tous autour de vous sachent que vous avez lu d'innombrables ouvrages.

— Tais-toi !

L'homme avait perdu sa décontraction. Détachant son regard du livre ouvert sur ses genoux, il dévisageait Rintarô d'un air sinistre.

— Qu'est-ce qu'un blanc-bec de ton acabit pourrait bien y comprendre ?

Une discrète goutte de sueur avait fait son apparition sur le front de l'homme.

— Dans ce monde, un homme ayant lu dix ouvrages différents recevra plus de respect qu'un homme ayant lu dix fois le même ouvrage. Tout ce qui importe aux yeux de la société, c'est qu'on ait lu beaucoup de livres. N'est-ce pas ce qui fascine et attire les gens ? Me trompé-je ?

— Que vous vous trompiez ou non, je n'en sais rien. Car ce n'est pas de cela que je parle.

— Pardon ? lâcha l'homme, interloqué.

— Je ne parle pas de ce qu'exige la société, ni du type de personne qu'elle respecte.

— Mais alors, de quoi ?

— Je dis simplement que vous n'aimez pas les livres. Vous n'aimez que vous-même. Je vous l'ai déjà dit, non ? Un homme qui chérit les livres ne les traiterait pas de cette façon.

Le silence s'installa une nouvelle fois.

La main sur son livre, l'homme restait affalé sur sa chaise, muet et interdit. Encore si arrogant un instant plus tôt, il semblait avoir rapetissé.

Le vent qui soufflait encore mollement quelques minutes auparavant avait complètement disparu à présent. Derrière eux, la porte coulissante s'était refermée.

— Est-ce que tu…

L'homme s'interrompit et marqua une nouvelle pause avant de demander dans un souffle, comme s'il avait enfin trouvé les mots justes :

— Est-ce que tu aimes les livres ?

Ce n'est pas tant la question en elle-même qui prit de court Rintarô que la lueur de sincérité visible dans les yeux de son interlocuteur. Une lueur profonde, pleine d'introspection, de solitude et de désolation, à l'opposé de l'attitude froide et autoritaire qu'il affichait jusque-là.

— Malgré tout, tu aimes les livres ?

« Malgré tout ». Dans ces deux petits mots se nichaient une multitude de pensées, dont Rintarô devinait une grande partie.

— Je les aime, oui, répondit-il d'une voix franche.

— Moi aussi, affirma son hôte.

Son ton froid et moqueur avait disparu pour laisser place à des inflexions nobles.

Un bruit sec, semblable au murmure du vent, se fit entendre.

Lorsque Rintarô, perplexe, balaya les environs du regard, un changement était survenu dans la grande salle.

Les immenses vitrines, jusque-là si imposantes, se décomposaient comme des châteaux de sable emportés par la bourrasque, tandis que les livres rangés sur les étagères s'envolaient un à un.

— Moi aussi, j'aime les livres.

Refermant le volume ouvert sur ses genoux, l'homme au complet blanc le cala sous son bras et se leva.

Alors, la bibliothèque dressée devant lui se laissa emporter par le vent tandis que les innombrables ouvrages qu'elle renfermait s'échappaient tels autant d'oiseaux migrateurs. Bientôt, leur champ de vision tout entier fut rempli de livres en plein vol.

L'homme tourna un regard calme vers Rintarô qui demeurait figé, sidéré.

— Tu es un jeune homme bien intransigeant.

— Je ne suis pas…

Son hôte l'arrêta d'un geste de la main avant de contempler les alentours d'un air amusé.

— Quels convives importuns vous avez laissés entrer là.

Il s'adressait à une femme en kimono apparue à ses côtés – celle-là même qui avait guidé Rintarô et le chat à leur arrivée. Son visage, alors aussi inexpressif qu'un masque de nô, affichait à présent un sourire réservé.

— Ne vous inquiétez pas pour le retour. Vous n'aurez pas besoin de guide, déclara l'homme dans un bruissement d'ailes de papier.

La plupart des bibliothèques avaient déjà disparu dans le tourbillon. Baignés dans une lumière éthérée, les livres continuaient de voleter, projetant des éclats blancs aux quatre coins de la pièce.

L'homme consulta sa montre.

— Même si notre entretien m'a pris beaucoup de temps, ce fut un moment précieux, comme je n'en avais encore jamais connu. Je t'en suis reconnaissant.

Avec un sourire, il accepta le chapeau blanc que lui tendait son épouse. Après un rapide salut, il se coiffa de son couvre-chef et s'éloigna.

Alors que la dame s'inclinait lentement face à Rintarô, une lumière blanche emplit les lieux.

*

Le lendemain matin à 7 heures, après avoir pris son petit-déjeuner dans la cuisine, Rintarô ouvrit la porte de la librairie.

Il alluma la lumière, remonta les stores et aéra la boutique. Le vent hivernal dissipa agréablement l'air stagnant dans le local. Après avoir passé un coup de balai sur les marches en pierre de l'entrée, Rintarô retourna à l'intérieur, armé d'un plumeau, pour épousseter les étagères.

Chacun de ces gestes se calquait sur ceux de son grand-père.

Aujourd'hui, pour la première fois, il serait responsable de ce tableau qu'il voyait tous les jours au moment de partir pour le lycée. S'il lui était arrivé de prendre des livres, pas une seule fois il n'avait fait le ménage dans le magasin.

Que fais-tu, au juste ? lui demanda une voix incrédule – la sienne – dans sa tête. *Bah, laisse-le faire*, répondit une autre, toujours la sienne. À vrai dire, lui-même ne savait pas très bien ce qu'il lui prenait. Assumant cette ignorance, il exhala un souffle blanc sous le soleil matinal.

Pourquoi, alors qu'il posait sur les bibliothèques un regard mélancolique, s'était-il lancé dans cette tâche ? Quelque part dans un recoin de son cerveau, il revisita les curieux événements survenus la veille.

— Tu as accompli un travail remarquable, junior, avait proclamé le Tigre d'une voix épaisse.

Alors qu'ils parcouraient le long couloir rempli de livres, Rintarô avait posé un regard étrange sur le félin.

— Qu'y a-t-il ?

— Je ne suis pas habitué à recevoir des compliments.

— C'est bien d'être humble. Mais point trop n'en faut, avait répliqué le matou d'un air mystérieux tout en avançant à pas feutrés. Le fait est que tes paroles ont su toucher l'adversaire. Voilà pourquoi nous sommes parvenus à libérer tant de livres et à retrouver notre chemin. Sans ton éloquence, nous serions toujours en train d'errer dans cet étrange manoir, sans espoir de retour.

Il disait les choses les plus inquiétantes comme si de rien n'était. Dans ses prunelles de jade luisait un éclat mutin.

— C'était un travail remarquable. Quoi qu'il en soit, tu t'es tiré sans encombre du premier dédale.

— Merci bien, avait répondu Rintarô, avant de

se reprendre dans un sursaut : Comment ça, le « premier dédale » ?

— Peu importe, inutile de t'en préoccuper.

Rintarô se tenait alors au milieu de la librairie. L'animal s'était glissé entre ses jambes pour gagner le mur du fond.

— Minute, tu peux toujours me dire de ne pas m'inquiéter, qui es-tu au juste pour…

— Combien de fois faudra-t-il te le rappeler ? Mon nom est le Tigre. Mets-le-toi bien dans la tête, avait répliqué le félin en lui adressant un sourire amusé par-dessus son épaule. La qualité de ta prestation a dépassé mes espérances.

— N'essaie pas de noyer le poisson…

À peine le jeune homme avait-il répondu que le passage s'était fondu dans une lumière blanche pour le laisser seul face à un mur de bois brut.

Une journée s'était écoulée depuis l'incident, mais il en gardait une impression onirique.

— Une « prestation de qualité », hein ?

La voix grave du Tigre résonnait encore à son oreille.

C'était bien la première fois qu'on lui adressait des louanges aussi sincères. Habitué à ce que l'on se moque de son apathie ou à ce que l'on fuie sa morosité, il ne savait comment recevoir de tels compliments. C'était précisément cette sensation de gêne qui l'avait tiré de sa torpeur et poussé à empoigner un balai.

Il terminait le ménage quand la clochette de la porte retentit, attirant son attention. Dans l'entrée se tenait Sayo Yuzuki, la déléguée de classe passée la veille avec le carnet de correspondance, qui inspectait l'intérieur de la boutique.

Emmitouflée dans une écharpe rouge, la jeune fille haussa un sourcil très bien dessiné face à un Rintarô interdit.

— Qu'est-ce que tu fabriques ? lui demanda-t-elle.

— Comment ça ?

Tout bien réfléchi, n'était-ce pas plutôt à Rintarô de lui poser cette question ?

— Et toi, que viens-tu faire ici aussi tôt ?

— Je répète avec la fanfare, comme d'habitude, expliqua-t-elle en montrant l'étui noir qu'elle tenait à la main. J'ai été étonnée de voir la librairie ouverte, alors je suis venue jeter un coup d'œil.

L'haleine blanchie par le froid, elle franchit le seuil d'un pas léger avant de se planter devant lui, les mains sur les hanches.

— Puisque tu as le temps de faire le ménage dès le matin, tâche de revenir en cours dès aujourd'hui, d'accord ?

— C'est-à-dire que…

— C'est-à-dire que rien du tout. Sors un peu, puisque tu n'as rien à faire ! Et puis, ce n'est pas parce que tu déménages bientôt que tu dois sécher les cours.

— Vu comme ça…, marmonna Rintarô d'un air vague.

Sayo lui adressa un regard soupçonneux.

— Mets-toi un peu à ma place, à moi qui suis obligée de venir livrer le carnet de correspondance à un camarade visiblement dépressif. Ma bonté me perdra.

Maintenant qu'elle le disait, Rintarô prit conscience qu'il ne l'avait pas encore remerciée de lui avoir apporté ses notes la veille.

— Merci pour hier, bredouilla-t-il précipitamment, pour la plus grande perplexité de Sayo. J'ai dit quelque chose de mal ?

— Imagine ma surprise : tu avais l'air tellement agacé hier, et voilà que tu retournes soudain ta veste pour me remercier…

— Je n'étais pas agacé. C'est plutôt toi qui avais l'air de mauvaise humeur…

— Pardon ? Tu racontes n'importe quoi, répliqua-t-elle, excédée. Je me faisais du souci pour toi, c'est tout.

— Du souci ? murmura Rintarô en inclinant la tête, avant de pointer l'index vers son visage. Pour moi ?

— Évidemment ! Je me faisais un sang d'encre à l'idée que tu doives soudain déménager après la mort de ton grand-père, alors que tu discutais tranquillement avec Akiba.

Décidément, Rintarô n'y comprenait rien.

Lui qui pensait n'être qu'un fardeau pour Sayo... Elle avait beau se prétendre inquiète, sans doute n'agissait-elle que pour satisfaire aux conventions sociales. Pourtant la réalité était, apparemment, un peu différente.

Ébahie, sa camarade le contempla un instant, avant de détourner les yeux, gênée.

— Est-ce que j'ai l'air si peu commode ?

Rintarô ne sut que répondre. Mais ce n'était pas la question qui le mettait dans l'embarras.

Sa camarade avait de magnifiques yeux clairs, il venait seulement de s'en rendre compte. À la réflexion, alors même qu'ils avaient toujours vécu dans le même quartier, c'était la première fois qu'ils se parlaient ainsi face à face.

— Alors, quoi, je suis vraiment si insupportable que ça ?

— Pas du tout...

— Tu n'es vraiment pas doué pour le mensonge.

Rintarô ne trouva rien à répondre à cette remarque cinglante. Il se contenta de porter la main à ses lunettes, comme à son habitude.

— J'ai le vieux service à thé de mon grand-père, dit-il finalement en désignant l'arrière-boutique. Si tu as le temps, je peux te préparer une tasse ?

Il soupira intérieurement devant la stupidité de cette phrase. La maladresse de son invitation arracha pourtant un sourire à cette lycéenne énergique.

— Essaies-tu de me séduire ?

— En voilà une interprétation !

— Admets pourtant que c'est bien léger, comme remerciement, pour m'être donné autant de mal, répliqua-t-elle avec malice.

Avançant d'un pas léger, elle s'assit prestement sur une chaise à proximité.

— Mais je t'accorde un point pour l'effort.

— Merci bien.

Rintarô laissa s'échapper un soupir de soulagement.

— Une tasse de darjeeling, s'il te plaît. Avec beaucoup de sucre, ordonna Sayo d'une voix claire, comme pour annoncer la venue soudaine du printemps au beau milieu de l'hiver.

Chapitre 2

SECOND DÉDALE

Celui qui découpait les livres

Aux yeux de Rintarô, son grand-père demeurait une énigme.

Vieux sage posé, taciturne et indéchiffrable bien que sociable, il habitait un monde légèrement différent de celui dans lequel évoluait l'adolescent.

Tous les matins, il se levait à 6 heures, prenait son petit-déjeuner à 6 h 30, puis, après avoir préparé des *bentô* pour Rintarô et lui-même, ouvrait la porte de la librairie peu après 7 heures. Dès cette heure matinale, il aérait la boutique, arrosait les jardinières installées à l'entrée et saluait son petit-fils récalcitrant à son départ pour le lycée, après quoi il ne quittait plus son océan de textes anciens jusqu'au retour de Rintarô.

Cette routine se répétait sans faute, immuable, tel le mouvement de flux et de reflux des vagues léchant la terre depuis des temps immémoriaux.

On eût dit que ce petit vieillard avait passé sa vie tout entière entre les quatre murs de cette librairie d'occasions, même si la réalité était différente.

Grand-père lui-même ne parlait pas beaucoup de son passé, mais à en croire les dires d'un vieil habitué, il avait atteint un poste haut placé dans quelque université avant de subir un revers.

Le client qui avait rapporté cette histoire à Rintarô était un gentleman âgé à la barbe blanche, qui arborait toujours une cravate western. Il passait de temps à autre acheter d'épais ouvrages de littérature, parfois en langue étrangère, et disait avoir travaillé avec son aïeul par le passé.

— Ton grand-père était un homme admirable, avait-il dit en ébouriffant les cheveux du jeune Rintarô.

Alors collégien, le garçon gardait la boutique en l'absence de son grand-père, sorti faire une course.

— Il se démenait afin de résoudre toutes sortes de problèmes et rendre le monde meilleur. Sans ménager sa peine, avec cœur et sincérité, il a accompli un travail remarquable.

Caressant amoureusement la couverture du livre à la reliure textile qu'il tenait à la main, l'homme avait parlé comme s'il racontait au garçon une vieille histoire, issue d'un passé glorieux, avant de s'interrompre avec un soupir, et de porter son regard sur les étagères.

— Hélas, incapable d'aller au bout de son dessein, il a fini par se retirer de la société.

Rintarô voyait mal comment Grand-père avait pu se retirer d'une société dont il semblait n'avoir jamais vraiment fait partie en premier lieu.

Lorsqu'il lui avait demandé ce que son aïeul avait essayé de faire, au juste, l'homme lui avait répondu avec un sourire plein de gentillesse :

— Rien d'important. Il se contentait d'enseigner des préceptes de base. Ne pas mentir. Ne pas s'attaquer à plus faible que soi. Tendre la main aux personnes dans le besoin…

Rintarô avait penché la tête, perplexe.

— Nous vivons dans un monde où l'évidence n'a plus rien d'évident, avait poursuivi l'homme avant de pousser un profond soupir. À l'heure actuelle, beaucoup de ces préceptes ont été détournés. Tout le monde s'échine à débiter les pires mensonges, à marcher sur les plus faibles et à tirer profit des personnes dans le besoin. Et personne ne dit quoi que ce soit pour changer les choses.

— Et Grand-père ?

— Lui n'hésitait pas à faire entendre sa voix. Avec patience, il rappelait à son prochain qu'il ne fallait pas se conduire ainsi.

Mais rien n'avait changé, avait expliqué l'homme en posant sur le comptoir un épais volume avec autant de précaution que s'il s'était agi d'une délicate sculpture en verre. Il s'agissait du deuxième tome de la *Vie de Samuel Johnson*, de Boswell.

— Avez-vous le troisième ?

— Oui, au fond à gauche, deuxième rangée. Cherchez du côté de Voltaire.

Acquiesçant avec un sourire, l'homme avait suivi ses indications et pris le livre qu'il cherchait.

— Et donc, comme il n'était pas satisfait de son travail à l'université, Grand-père a ouvert cette petite librairie à la place ?

— Tu ne crois pas si bien dire, jeune homme, même si tu ignores une nuance de taille.

Devant son incompréhension, l'homme avait de nouveau esquissé un sourire.

— Ton grand-père n'a pas simplement fui l'université. Il n'a pas baissé les bras, ni jeté l'éponge. Disons plutôt qu'il a changé son fusil d'épaule.

— Pardon ?

— Il a ouvert cette merveilleuse librairie d'occasions afin d'apporter ces textes fascinants au plus grand nombre, convaincu qu'en agissant ainsi, il pourrait peu à peu restaurer ce qui a été corrompu. C'est le nouveau mode d'action qu'il s'est choisi. Sans doute n'est-ce pas la plus glorieuse des voies, mais c'est celle qui reflète le mieux sa volonté.

Son monologue terminé, l'homme avait encore souri, comme s'il retrouvait enfin ses esprits.

— Peut-être est-ce un peu difficile à saisir pour toi, jeune homme ?

Rintarô n'aurait su mieux dire.

Certes, à l'époque, cela lui avait paru compliqué ; cependant, il lui semblait à présent voir les choses sous un autre angle.

Si on lui avait demandé ce qui avait changé, il aurait été en peine de répondre. Mais ces quelques jours passés à faire le ménage dans la librairie lui avaient suffi pour appréhender peu à peu le lien que ce grand-père taiseux avait tissé avec sa petite boutique.

De l'époussetage des rayons au balayage du seuil, le nettoyage représentait un processus monotone mais laborieux. Peut-être était-ce justement cette monotonie qui lui permettait de comprendre la persévérance avec laquelle son grand-père portait soin au moindre détail.

Avec un pincement au cœur, Rintarô parcourut la pièce du regard.

Après une heure de ménage, un rayon de soleil hivernal vint filtrer à travers la porte à claire-voie pour faire scintiller le parquet lustré. Un joyeux vacarme retentissait à l'extérieur – sans doute ses camarades de lycée en route pour leurs activités extra-scolaires. Leurs rires pénétraient dans la boutique en même temps que l'air frais.

Quelle atmosphère plaisante !

— Te voilà bien détendu, junior. Et le lycée, alors ? lança soudain une voix grave.

Rintarô ne fut pas surpris de l'entendre, pourtant. Le plumeau posé sur l'épaule, il se retourna d'un bond vers l'arrière-boutique. Le Tigre se tenait au fond de la longue et étroite allée séparant les bibliothèques. Le mur qui aurait dû se dresser derrière lui avait disparu pour laisser la pièce se prolonger dans une lumière bleutée.

Rintarô rendit son sourire au matou.

— Je te souhaiterais volontiers la bienvenue, mais serait-ce trop te demander d'emprunter la porte, comme tout le monde, au lieu de traverser les murs ?

— Ton absence de surprise m'étonne, junior.

Un éclair d'intelligence brilla dans l'œil de jade du félin.

— Ma venue aurait plus de valeur si tu te montrais paniqué…

— Je n'ai cessé de penser à cette histoire de « premier dédale ». Le fait que cela ait été le premier implique qu'il y en a un deuxième.

— Quelle perspicacité ! Voilà qui m'épargne le besoin d'une explication.

— Pardon ?

— Je dois affronter le deuxième dédale. Prête-moi ta force.

— Ne me dis pas que…

Rintarô jeta un regard vers la rue avant de poursuivre :

— … tu vas encore me demander de sauver des livres ?

À la question pleine de crainte du jeune homme, le félin répondit avec majesté :

— Tout juste.

*

— Il est quelque part un homme qui rassemble des livres du monde entier pour les découper un à un, narra le chat d'une voix grave. On dit qu'il continue de collecter les ouvrages, sans la moindre considération pour son prochain. On ne peut pas le laisser agir ainsi.

Rintarô prit place sur la chaise ronde et ajusta ses lunettes, puis il se tourna vers le chat sans un mot.

— Qu'est-ce qu'il y a ? Ce n'est pas en me dévisageant que tu vas arranger la situation. Viens-tu, ou pas ? C'est tout ce qui compte.

— Tu te montres toujours plus autoritaire.

— C'est le seul moyen de te faire bouger. Si tu étais un homme d'action, je n'aurais pas à me donner tant de mal, grommela le Tigre.

Un éclat plus vif encore étincela dans son œil vert.

— Entendu, répondit Rintarô avec un soupir après un moment d'hésitation. Je dois donc encore te suivre ?

Le chat plissa les yeux avec curiosité, visiblement surpris par cette réponse.

— Voilà que tu te montres étonnamment raisonnable… Moi qui m'attendais à te voir multiplier les prétextes, comme un faible.

— J'ai beau ne pas être très brillant, mon grand-père m'a inculqué l'amour des livres. Je n'ai pas la fibre d'un bon samaritain, mais s'il s'agit de sauver des livres, tu peux compter sur moi.

Le chat écarquilla les yeux avant de les plisser une nouvelle fois.

— Ça me convient.

L'animal sembla esquisser un sourire mais avant que Rintarô ait pu s'en assurer, la clochette de la porte d'entrée retentit. Le jeune homme fit volte-face pour découvrir la présence d'une visiteuse inattendue.

— Toujours en vie, Natsuki ? lança Sayo Yuzuki, la déléguée de classe, d'une voix joyeuse.

Rintarô jeta un coup d'œil à sa montre : 7 h 30. Elle devait être en route pour la répétition de la fanfare. Une vague de panique saisit le jeune homme.

— Qui est-ce ? ta petite amie ? demanda le chat.

— Oh, tais-toi !

Deux jours s'étaient écoulés depuis qu'ils avaient pris le thé ensemble dans la boutique.

Sommé par la déléguée de reprendre le chemin des cours, Rintarô lui avait donné une réponse floue, sans pour autant s'exécuter. Il s'était contenté de rester enfermé dans le magasin. Même s'il n'avait pas la moindre intention de retourner en classe, face à Sayo, il se surprenait à culpabiliser.

Dans une situation aussi délicate, il aurait été particulièrement malvenu d'être aperçu en pleine discussion avec un chat dès potron-minet.

— Quelque chose ne va pas ?

— Ce n'est pas la question.

Les sourcils légèrement froncés, Sayo entra sans se gêner dans le magasin.

— Pas d'inquiétude, junior, souffla le Tigre à l'oreille d'un Rintarô paniqué. Seuls les individus remplissant certains critères peuvent me voir. Fais comme si de rien n'était et tout ira bien.

Alors que le jeune homme l'écoutait d'un air distrait, la voix de Sayo résonna clairement.

— Hier non plus, tu n'es pas venu en cours, finalement. Je suppose que tu prévois encore de sécher aujourd'hui ?

— Non, enfin, c'est-à-dire que…

— Alors tu viens ?

— Pour aujourd'hui je n'ai pas encore…

Face à cette réponse des plus confuses, Sayo dévisagea Rintarô d'un regard perçant.

— Si tu sèches, je vais encore devoir t'apporter le carnet de correspondance. Les professeurs vont s'inquiéter, eux aussi, et en fin de compte ça va embêter tout le monde. Tu en es conscient ?

Comme à son habitude, elle parlait sans ménagement. Décidément, elle appartenait à une autre sphère que Rintarô.

— Désolé…

— Je n'ai pas besoin de tes excuses, soupira la jeune fille, exaspérée. Que tu viennes ou non, peu importe, du moment que ta décision est claire. Je sais bien que tu traverses une période difficile. Mais tu mets tout le monde dans l'embarras en ne te prononçant pas !

Rintarô ne pouvait qu'éprouver de la honte face à ce constat sans pitié.

Discret comme il l'était, le jeune homme avait toujours pensé que son absence passerait inaperçue, mais visiblement la déléguée de classe n'était pas du même avis.

— En résumé, ricana le Tigre derrière lui, elle s'inquiète sincèrement pour ton bien-être. Tu es mieux entouré que tu ne le pensais, ne crois-tu pas ?

Rintarô le foudroya du regard. Loin de s'en formaliser, le chat continua de rire ouvertement dans un frémissement de moustaches.

Sayo, elle, poussa un petit cri de surprise et jeta un coup d'œil aux pieds de son camarade. À l'endroit précis où siégeait le matou à la langue de vipère.

Un ange passa.

Le Tigre se figea un instant, avant de murmurer d'une voix hésitante :

— Impossible. Elle ne devrait pas me voir, encore moins m'entendre…

— Un chat qui parle ? s'étonna la jeune fille.

Un frisson hérissa la fourrure de l'animal.

Et maintenant son regard interloqué se dirigeait vers le passage lumineux ouvert au fond du magasin.

— Qu'est-ce que c'est que ça… ?

Rintarô suivit son regard avant d'ajuster mécaniquement ses lunettes.

— Ne me disais-tu pas qu'il fallait « remplir certains critères » ?

— Ce doit être son cas…

D'ordinaire si confiant, le félin se montrait pour une fois déstabilisé.

— Voilà qui dépasse l'entendement.

— Natsuki ? appela Sayo d'une voix troublée. J'ai cru voir des choses bizarres…

— Tu me rassures, je croyais être le seul.

La réponse désinvolte de Rintarô laissa la jeune fille muette.

Retrouvant son calme habituel, le chat se posta devant Sayo pour la saluer avec cérémonie.

— Mon nom est le Tigre. Bienvenue dans le dédale des livres, dit-il en inclinant la tête avec élégance.

La posture lui allait étonnamment bien.

— Sayo Yuzuki. Enchantée, répondit la lycéenne avec hésitation, avant de tendre ses mains blanches pour serrer dans ses bras le félin surpris. Qu'il est mignon ! s'écria-t-elle.

Rintarô et le Tigre échangèrent un regard interdit.

— Un adorable chat tigré, et qui parle, en plus ! Quelle merveille !

Ses cris joyeux résonnèrent dans la librairie, noyant les murmures circonspects de Rintarô. Le félin, lui, se contenta de miauler bêtement, la joue collée contre celle de Sayo.

— Qu'est-ce qu'il te prend, de miauler comme ça ? soupira Rintarô, impuissant.

*

Les deux humains et le félin marchaient lentement dans le couloir bordé d'immenses bibliothèques.

Le chat ouvrait le cortège, suivi de Sayo, tandis que Rintarô fermait la marche. Aux pattes de velours de l'animal et aux pas légers de la jeune fille succédaient les pas, autrement lourds, de l'adolescent.

— Tu ferais mieux de rentrer, Yuzuki, dit Rintarô avec réserve.

Sa camarade le toisa, les yeux plissés.

— Pour que tu vives tout seul des aventures trépidantes avec ce chat mystérieux ?

— Des aventures trépidantes, dis-tu, grimaça le jeune homme. Inutile de venir fourrer ton nez dans des affaires dangereuses…

— Dangereuses ? Comment ça ? s'étonna Sayo. Donc, si j'ai bien compris, Natsuki, tu me demandes de ne rien faire quand je vois un camarade de classe courir au-devant du danger ?

— Ce n'est pas ce que je voulais dire…

— Que veux-tu dire, alors ? S'il n'y a pas de danger, il n'y a aucun mal à ce que je t'accompagne, et s'il y en a, je ne peux pas te laisser partir tout seul. Est-ce que je me trompe ?

Décidément, Yuzuki avait le chic pour couper court à toute contestation, s'émerveilla Rintarô. Contrairement au jeune homme, elle savait toujours trouver des arguments aussi clairs que convaincants. Un ermite rachitique comme lui ne pouvait croiser le fer avec pareille adversaire.

— Mieux vaut laisser tomber, junior, intervint le Tigre de sa voix grave. De quelque côté qu'on se place, tu es en mauvaise posture.

— Même si je l'admets volontiers, ce n'est pas à toi de me réprimander alors que tu es la source du problème.

— Ne dis pas cela, voyons. Je n'y peux rien si elle m'a vu, rétorqua le félin.

Sa voix manquait de son habituelle vigueur, pourtant. Sans doute n'en menait-il pas large, lui non plus.

— Je ne peux pas tout prévoir, tu sais. Je n'avais pas du tout anticipé un tel incident.

— À t'entendre, cependant, tu as parfaitement calculé tout le reste. Mais si tu veux mon avis, tout n'est que le fruit du hasard…

— Tu as donc décidé de m'écouter ? l'interrompit Sayo d'une voix enjouée. Ce n'est pas bien de t'en prendre au chat !

— Qu'est-ce que tu racontes ?

— Est-ce que je me trompe ?

— Je m'inquiète simplement à l'idée qu'il puisse t'arriver quelque chose à toi, la déléguée de la classe, alors que je t'ai embarquée dans une situation qui défie l'entendement.

— Donc, s'il m'arrive quelque chose, c'est grave, mais s'il t'arrive quelque chose, à toi, ça ne l'est pas ?

La conversation, quoique détendue, ne manquait pas de mordant.

Devant le silence de Rintarô, Sayo s'empressa d'ajouter :

— Je ne déteste pas ta personnalité, Natsuki, mais je n'apprécie guère ton attitude.

Sur ces mots, elle se remit en marche.

Dépassant le chat, elle continua d'avancer crânement dans le couloir. Elle était le parfait opposé de Rintarô, qui agissait toujours avec crainte.

Parvenu à sa hauteur, le Tigre se retourna, amusé.

— N'est-ce pas le propre de la jeunesse ?

— Qu'est-ce que tu racontes encore ? maugréa Rintarô d'une voix faible.

Au même instant, une lumière blanche les enveloppa.

*

Un hôpital ? se demanda tout d'abord Rintarô, ce qui n'avait rien d'étonnant en soi : par-delà la lumière immaculée se déployait un vaste espace dans lequel s'affairaient un grand nombre d'hommes et de femmes vêtus de blouses blanches.

Cependant, à mesure que se dissipait cet éclat, l'étrangeté des lieux se fit plus évidente.

Devant eux se trouvait un immense corridor de pierre. Large comme deux salles de classe environ, il semblait s'étirer à l'infini. De chaque côté se dressaient à intervalles réguliers des piliers blancs, à la fois raffinés et robustes, soutenant un élégant plafond en arche.

Ce paysage à lui seul évoquait un temple de l'Antiquité grecque, mais les personnes qui y circulaient se révélaient plus bizarres encore.

Ces individus émergeaient les uns après les autres entre les piliers pour traverser le couloir avant de disparaître de l'autre côté. Hommes et femmes, jeunes et vieux, tous vêtus de blouses blanches, allaient et venaient avec la même agitation, plusieurs ouvrages calés sous le bras.

Les murs visibles entre les piliers étaient recouverts de grandes bibliothèques, hautes jusqu'au plafond et débordantes de livres. À leur pied étaient disposés d'innombrables bureaux et chaises. Partout, des figures en blouse blanche prenaient des volumes sur les étagères, les posaient sur les bureaux, ou les rangeaient à leur place sur les rayons. À mieux y regarder, d'étroits passages et escaliers étaient dissimulés entre les murs, d'où sortaient les individus en blouse pour aller se poster devant les bureaux, puis, une fois leur travail terminé, ils traversaient l'immense corridor pour disparaître dans un passage situé du côté opposé.

Des personnes marchant livres sous le bras, d'autres empilant les ouvrages sur les bureaux, d'autres encore qui travaillaient perchées sur de longues échelles juchées contre les bibliothèques, tout cela constituait, à vrai dire, un spectacle étourdissant.

— Comment dire… Quel endroit incroyable ! bredouilla Sayo.

La remarque, bien que confuse, exprimait son sentiment le plus profond.

Une femme passa d'un pas rapide juste devant ses yeux ébahis.

Les blouses blanches ne prêtaient pas la moindre attention aux trois intrus. Bien qu'indifférents à leur présence, au point qu'ils ne semblaient même pas les voir, les curieux individus les esquivaient dès qu'ils risquaient d'entrer en collision avec eux. Mais le plus incroyable était qu'en dépit du nombre de personnes qui s'affairaient, on n'entendait pas la moindre parole. Il se dégageait une atmosphère étrange, comme devant un film muet de piètre qualité.

— Quelque part en ces lieux se trouve un individu qui découpe les livres ?

— Indéniablement.

— Qu'allons-nous faire ?

Pour toute réponse à la question de Rintarô, le chat haussa ses rondes épaules avant de se mettre en marche le plus naturellement du monde.

— Nous n'avons pas le choix, il faut le chercher.

Avançant d'un pas leste, le Tigre interpella une blouse blanche qui passait juste devant lui.

— Pardonnez-moi, j'aurais une question à vous poser.

L'individu, un homme d'âge mûr aux bras chargés de livres, s'arrêta et posa sur le félin un regard ostensiblement ennuyé. Sa pâleur étrange contrastait avec sa carrure robuste.

— Qu'y a-t-il ? Je suis occupé.

— Quel est cet endroit, au juste ?

À la question insolente du chat, l'homme répondit simplement :

— Vous êtes à l'Institut de recherche sur la lecture. C'est le plus important centre d'étude au monde consacré à ce sujet.

— L'Institut de recherche sur la lecture ? s'étonna Sayo, les sourcils froncés, mais l'homme l'ignora totalement.

— Dans ce cas, nous aimerions rencontrer le responsable de cet institut, insista le chat.

— Le responsable ?

— Vous m'avez parfaitement entendu. Le directeur, ou dois-je dire le docteur ou le professeur en charge, puisqu'il s'agit d'un institut de recherche ?

— Vous cherchez un professeur ?

— Tout juste.

— N'y songez même pas, répliqua l'homme sans sourciller. Le monde croule sous les distinctions académiques. Le Japon est peuplé de « professeurs ». Essayez donc de crier ce mot, et vous verrez pas moins de quatre universitaires sur cinq se retourner, chacun avec le titre de professeur dans son domaine de recherche. De l'expert en lecture rapide à celui en sténographie, ce ne sont pas les professeurs qui manquent, ici. Chaque nouveau domaine d'étude apporte son lot de professeurs, qu'il s'agisse de rhétorique, de syntaxe, de style, de phonologie, de typographie ou encore d'évaluation de la qualité du papier. Vous aurez plus de chances d'isoler un non-professeur que d'identifier un professeur en particulier.

La tirade, récitée d'une voix monocorde, parut décevoir le chat.

L'homme profita de son hésitation pour leur adresser un salut sec – « Sur ce… » – avant de s'éloigner d'un pas vif.

— Dites donc ! l'apostropha le chat.

Mais l'homme fit mine de ne pas l'entendre et disparut derrière un pilier.

Rintarô et Sayo, eux, se contentaient de le regarder partir, stupéfaits.

— Qu'est-ce que c'est que ces histoires ? murmura le jeune homme.

Sans lui répondre, le chat se remit en marche dans l'immense corridor.

Il arrêta un autre homme qui passait à proximité. Bien que d'âge et de corpulence différents, il avait lui aussi le visage pâle et les bras chargés d'épais volumes.

— Qu'y a-t-il ? Je suis très occupé.

— Nous cherchons quelqu'un…, tenta le chat.

— N'y songez même pas, le coupa sèchement l'homme. Cet institut est immense et peuplé d'individus partageant une même allure, une même façon de penser et une même occupation. Bien sûr, chacun d'entre eux cherche désespérément à mettre en avant sa propre singularité, mais il en résulte qu'il est d'autant plus difficile de les distinguer les uns des autres car aucun n'est unique dans cette obsession de la singularité. Dans un tel endroit, chercher « quelqu'un » en particulier constitue une tâche non seulement ardue mais vide de sens.

« Sur ce… », ajouta l'homme avant de s'éloigner.

Relativement jeune, leur troisième interlocutrice, dotée d'un visage tout aussi pâle que ses deux collègues, leur débita une réponse tout aussi absconse.

Alors qu'elle cherchait des yeux une quatrième personne à aborder, Sayo entra en collision avec un jeune homme qui marchait d'un pas rapide, et dont l'abondant chargement se répandit par terre sous le choc.

— Je vous prie de m'excuser, dit-elle en inclinant la tête.

Sans un mot, l'homme lui jeta un regard furtif avant de ramasser ses livres. Accouru pour lui prêter main-forte, Rintarô attrapa un ouvrage et se figea.

Proposition pour une toute nouvelle méthode de lecture.

Même lu avec indulgence, ce titre n'avait aucun sens. Ce qui n'empêcha pas l'adolescent d'ouvrir aussitôt la bouche.

— Savez-vous où nous pourrions trouver l'auteur de ce livre ?

À ces mots, l'homme bougea légèrement les sourcils avant de dévisager Rintarô, qui réitéra la question :

— Nous cherchons la personne qui a écrit cet ouvrage…

— Si c'est le directeur que vous cherchez, vous le trouverez dans son bureau, en bas de cet escalier.

Rassemblant ses ouvrages éparpillés, l'homme se releva et désigna d'un coup de menton un petit escalier dissimulé derrière un pilier juste à leur droite.

— Le directeur travaille sans relâche, enfermé dans son bureau, et monte rarement à la surface.

Vous le trouverez sûrement là-bas, insista-t-il d'une voix monocorde à la diction exagérée.

— Merci beaucoup, répondit Rintarô en s'inclinant, mais son interlocuteur avait déjà disparu dans un escalier.

*

La descente semblait interminable. Les marches se succédaient à l'infini devant le petit groupe qui s'était engagé dans l'escalier sans aucune préparation.

— Je comprends mieux pourquoi le directeur monte rarement à la surface..., murmura Sayo, les lèvres serrées.

Sa voix se répercuta dans le vide avant d'être aspirée par les profondeurs de la terre.

— Ça va aller ?

— Si cela te tracasse, on peut toujours faire demi-tour. Pour ma part, j'ai toujours adhéré au « club du retour à la maison », ironisa Rintarô.

— Dans ce cas, ne m'attends pas pour rentrer, répliqua la déléguée. Car en ce qui me concerne, je suis du « club qui ne fait jamais les choses à moitié ».

Les paroles de la jeune fille étaient empreintes d'une fraîcheur qui dissipa l'atmosphère lugubre et réduisit Rintarô au silence.

D'abord tout droit, l'escalier dessina peu à peu des courbes pour finalement former une spirale. Toujours plus sombre, toujours plus sinistre, comme s'ils plongeaient dans les entrailles de la terre.

Le paysage était d'une effroyable monotonie. Des lampes éclairaient les parois à intervalles réguliers ; entre elles gisaient çà et là des livres empilés au hasard. À mieux y regarder, qu'ils soient anciens ou neufs, tous portaient le même titre : *Proposition pour une toute nouvelle méthode de lecture*.

De temps à autre, comme s'il venait de se rappeler son rôle, un individu en blouse blanche apparaissait, les bras chargés de livres, et dépassait le petit groupe d'un pas rapide et silencieux, sans même lever les yeux.

Soudain, alors qu'ils poursuivaient leur longue progression dans la pénombre, Sayo murmura :

— Beethoven… ?

Rintarô s'arrêta pour tendre l'oreille.

En effet, une musique discrète émanait du bas de l'escalier.

— Opus 125, troisième mouvement, me semble-t-il, ajouta Sayo.

— Autrement dit, la *Neuvième Symphonie* ? demanda Rintarô.

La cheffe assistante de la fanfare acquiesça avec assurance.

À mesure qu'ils descendaient, la musique se faisait plus nette, et bientôt Rintarô distingua la ligne élégante des instruments à cordes.

— Le deuxième thème, annonça Sayo.

Comme à son signal, la mélodie changea pour faire entendre un motif plus ample. Alors que cordes et vents se rejoignaient dans un *tutti* majestueux, le trio s'arrêta devant une petite porte.

Bureau du directeur, annonçait une élégante plaque, seule décoration visible sur le battant usé par les ans.

Aussi énigmatique que pût paraître le tableau, le petit groupe était avant tout soulagé d'avoir enfin atteint sa destination.

Sur un signe de tête du chat, Rintarô frappa doucement à la porte. Rien.

Sa deuxième tentative n'obtint pas davantage de réaction, ni la troisième, pourtant plus énergique. Ne leur répondaient que les échos de la *Neuvième Symphonie*.

Sans autre solution, Rintarô tourna la poignée et poussa le battant. La porte s'ouvrit avec un léger grincement, laissant éclater la musique.

La pièce n'était pas grande. Ou peut-être que si, mais les innombrables piles de livres et documents entassés du sol au plafond le long des quatre murs empêchaient d'évaluer sa superficie. Seul se dressait un bureau, lui-même recouvert de papiers, au fond de cet espace encombré.

À ce bureau était assis un homme d'âge moyen, le dos tourné aux nouveaux arrivants.

Corpulent et bien bâti en dépit de sa taille modeste, il était complètement absorbé par sa tâche. Lorsque Rintarô tenta de comprendre de loin ce qu'il faisait, quelle ne fut pas sa surprise de le voir brandir un ouvrage pour l'attaquer à coups de ciseaux !

Sous la morsure des lames, les pages volèrent en lambeaux et le livre cessa d'en être un.

Quelle étrange vision que celle de ce gros homme en blouse blanche appliqué à ce curieux travail !

— Qu'est-ce que..., laissa échapper Sayo, interloquée elle aussi.

Rintarô ne sut que répondre. Le Tigre, lui, se contentait d'observer l'inconnu sans rien dire.

Le décor, déjà étrange, était rendu plus insolite encore par les hurlements assourdissants de la *Neuvième Symphonie*. L'appareil installé à côté de l'homme n'était ni un lecteur de CD ni une platine vinyle, mais un modèle de radiocassette autrefois très répandu. Rintarô, dont le grand-père en possédait une, reconnut aussitôt la machine, même si on n'en voyait plus guère de nos jours. Le spectacle de la bande qui tournait à l'intérieur du lecteur avait quelque chose de comique.

— Excusez-moi..., lança Rintarô.

Pas de réaction. Après une deuxième tentative tout aussi infructueuse, l'adolescent rassembla ses forces pour crier à pleins poumons. L'individu cessa enfin son manège et tourna la tête.

— Eh bien, qu'avons-nous là ?

L'homme, à la voix étrangement aiguë, avait une apparence des plus curieuses, entre ses épaisses lunettes, sa blouse toute froissée, son crâne chauve tout juste parsemé de quelques cheveux blancs et son ventre proéminent. Alors qu'il se présentait comme un chercheur et arborait la tenue associée, il ne donnait pas la moindre impression d'intelligence.

— Pardonnez-nous de vous déranger...

— C'est moi, voyons, je n'avais pas remarqué votre présence ! s'écria leur hôte par-dessus la musique tout en pivotant sur sa chaise pour leur faire face.

Rintarô et Sayo eurent un mouvement de recul en le voyant brandir ses ciseaux et son livre déchiqueté.

— Pardon, les visiteurs se font extrêmement rares, ici, aussi n'y a-t-il nulle part où s'asseoir, dit-il d'un ton étonnamment guilleret. Que puis-je faire pour vous ?

Rintarô éleva une nouvelle fois la voix.

— Nous avons entendu dire que l'on découpait énormément de livres ici. Est-ce que vous…

— Plaît-il ?

— Nous avons ouï dire que l'on découpait les livres…

— Pardon, je n'entends pas bien. Pouvez-vous parler plus fort ?

— Comme je vous le disais, nous avons appris que…

Soudain, la musique cessa avec un crissement désagréable. Le lecteur s'était brutalement arrêté. Au même instant, un silence glaçant emplit la pièce.

Les sourcils froncés, l'homme en blanc se leva paresseusement de sa chaise et tendit la main vers la radiocassette posée au coin du bureau.

— Dites…, lança Rintarô, mais leur hôte le fit taire d'un geste.

— C'est du matériel ancien, vous savez. Parfois, la bande se coince, murmura-t-il tandis qu'il entreprenait de sortir la cassette du lecteur.

Les vieilles bandes maintes fois écoutées avaient tendance à s'emmêler dans l'appareil ; mais sans doute s'agissait-il d'un tracas quotidien pour l'homme. Sans le moindre signe de panique, il sortit la cassette de son logement et en rembobina le ruban avec soin avant de la remettre en place et de presser un bouton. En moins de deux secondes, Beethoven retentissait de nouveau.

— Bien, je vais vous demander de vous répéter, déclara l'homme sur fond de musique tonitruante, au désespoir de Rintarô. Ne faites pas cette tête, voyons ! Beethoven fait partie de mes compositeurs préférés, et sa *Neuvième Symphonie* constitue à mes yeux un chef-d'œuvre absolu. Mes recherches avancent considérablement lorsque je l'écoute.

— Vos recherches ? De quoi s'agit-il au juste ? l'interrompit Rintarô.

Le chercheur autoproclamé esquissa un sourire heureux.

— Quelle excellente question ! Mes recherches ont pour thème l'« optimisation de la lecture ».

— Au fait, souffla Sayo à l'oreille de son camarade, ne crois-tu pas qu'il utilise Beethoven comme prétexte pour n'entendre que ce qu'il a envie d'entendre ?

Quand bien même cela aurait été le cas, ils ne pouvaient rien y faire.

Pour l'heure, Rintarô se contenta de poser la question attendue afin de ne pas perdre le fil de la conversation.

— Qu'entendez-vous par « optimisation de la lecture » ?

— Rien que de très simple : je mène des recherches afin d'en accélérer le processus, répondit joyeusement leur hôte en agitant ses ciseaux. Le monde déborde de livres. Occupés comme nous le sommes, nous autres humains, nous n'avons pas le temps de tous les lire. Mais lorsque mes recherches auront abouti, les hommes deviendront capables d'ingurgiter chaque jour des dizaines d'ouvrages. Et je ne parle pas que des best-sellers à la mode, mais aussi de sagas-fleuves et de traités de philosophie complexes. Ce sera un accomplissement remarquable, qui restera dans l'histoire de l'humanité.

— Plusieurs dizaines de livres par jour ? s'étonna Rintarô.

— Autrement dit, vous travaillez sur la lecture rapide ? s'enquit Sayo, lui coupant l'herbe sous le pied.

Le chercheur acquiesça joyeusement.

— La lecture rapide constitue une technique importante. Mais pour exprimer pleinement son potentiel, elle suppose que l'on connaisse déjà le texte. C'est un moyen très efficace d'éplucher les cours de la Bourse dans le journal, par exemple. Mais un philosophe amateur ne pourrait s'en servir pour lire les *Idées directrices pour une phénoménologie* de Husserl. Voilà pourquoi… (à ces mots, il brandit un index boudiné, un grand sourire sur les lèvres)… j'ai trouvé le moyen de combiner cette technique avec une autre.

— Laquelle ?

— Celle dite du « synopsis ».

Rintarô et Sayo sursautèrent, interloqués. Au même instant, la musique se tut, marquant la fin du troisième mouvement. Après quelques secondes de silence, le finale démarra, et l'homme haussa sa voix aiguë par-dessus la cacophonie des instruments à vent.

— Le synopsis est une sorte de résumé. Les personnes maîtrisant déjà la technique de la lecture rapide pourront encore maximiser leur vitesse de lecture en se procurant des synopsis ou résumés ne retenant que l'essence du texte. Bien sûr, un tel synopsis devra être dépourvu de tout terme technique, de toute tournure stylistique particulière ou de tout idiome savoureux. Il conviendra de dépouiller l'écriture de toute individualité, de s'en tenir à des expressions banales et de peaufiner minutieusement le tout afin de le rendre facile à digérer. Ainsi, une œuvre dont la lecture prenait auparavant dix minutes n'en prendrait plus qu'une, par exemple.

Ramassant un petit livre tombé à ses pieds, le chercheur y planta soigneusement ses ciseaux pour en découper un minuscule morceau de papier qu'il tendit à Rintarô.

Le jeune homme se pencha pour déchiffrer l'unique phrase qu'il contenait.

— « Melos était en colère », lut-il à voix haute.

Le chercheur hocha la tête avec satisfaction.

— C'est le synopsis de *Cours, Melos !* expliqua l'homme en agitant son exemplaire lacéré de l'œuvre originale sous le nez de son interlocuteur ébahi. Même une nouvelle aussi célèbre peut se résumer en une phrase, obtenue au terme de multiples extractions. Oh, bien sûr, en ayant recours à la lecture rapide, on pourra finir *Cours, Melos !* en une demi-seconde. Le problème, ce sont les textes longs.

Le chercheur tendit un bras charnu vers la radiocassette pour augmenter encore le volume. Le son d'un instrument à vent grave jouant l'*Hymne à la joie* emplit la pièce.

— Mon dernier projet en date concerne le *Faust* de Goethe. Mon but est de le rendre lisible en deux minutes. Mais l'intrigue est alambiquée…

Il frappa plusieurs volumes empilés sur le bureau. Son geste sec dispersa une nuée de fragments de papier qui dansèrent dans les airs comme des flocons de neige. Difficile de dire si les livres en question, déjà bien entamés par ses ciseaux, avaient encore un rapport avec *Faust*.

— J'ai déjà réussi à expurger quatre-vingt-dix pour cent de l'œuvre originale mais les dix pour cent restants constituent un volume important, que j'ai besoin de condenser encore plus. Cela va me demander des efforts considérables, mais les personnes désirant lire *Faust* sont plus nombreuses que je ne l'imaginais, et j'aimerais répondre à leurs attentes.

Vous êtes fou! eut envie de répondre Rintarô, mais Sayo fut la plus rapide à prendre la parole.

— N'est-ce pas un peu bizarre ?

La voix de la jeune fille portait, mais elle fut quand même un peu couverte par la musique.

— Bizarre ? Comment cela ?

— Eh bien…

Répondre à une question aussi directe n'était pas simple.

Le chercheur, qui avait commencé à se tourner vers son bureau, fit de nouveau pivoter sa chaise pour faire face à ses interlocuteurs.

— On dit que les gens ne lisent plus dans notre société moderne. Mais la vérité est tout autre : ils sont trop occupés pour cultiver un tel loisir, et leurs journées trop remplies pour leur laisser le temps de lire. Nombreux sont les livres qu'ils ont envie de lire, pourtant. Ils ne demandent qu'à entrer en contact avec une myriade d'histoires! *Faust* ne leur suffira pas. Ils voudront également lire *Les Frères Karamazov* et *Les Raisins de la colère.* Comment satisfaire une demande aussi sincère ? (Il tendit son cou épais.) Par la lecture rapide et le synopsis.

Alors que le chercheur n'avait pas touché la radiocassette, le volume de la musique se mit à enfler.

— J'ai ici un livre…, dit l'homme en tirant un volume usé d'une montagne de fragments de papier.

Il s'agissait de la fameuse *Proposition pour une toute nouvelle méthode de lecture* que le petit groupe n'avait cessé d'apercevoir çà et là depuis son arrivée.

— Il s'agit de mon grand œuvre, dans lequel j'ai rassemblé le fruit de mes recherches. Outre une toute nouvelle méthode de lecture rapide, il contient les synopsis de centaines de livres célèbres, anciens et modernes, auxquels j'ai consacré toute mon énergie. Autrement dit, la lecture de ce seul ouvrage permettra à n'importe quel lecteur d'assimiler une centaine d'œuvres par jour. J'ai déjà prévu de publier les tomes 2 et 3, ainsi les gens pourront continuer d'explorer des histoires issues du monde entier en un rien de temps. N'est-ce pas une perspective merveilleuse ?

— Je vois, laissa échapper Rintarô, même si ce n'était évidemment pas en réponse à la question de leur hôte.

Ce n'était qu'une exclamation dénuée de sens – des mots creux seulement destinés à empêcher son interlocuteur de monologuer dans le vide, rien de plus.

— Certes, cela permettrait d'augmenter la vitesse de lecture. Mais cela n'a rien à voir avec le fait de lire les œuvres mêmes, vous ne croyez pas ?

— Comme vous y allez ! Disons que c'est un peu différent.

— Plus qu'un peu ! tonna le Tigre de sa voix grave. Vous rassemblez les livres par milliers pour les découper les uns après les autres et en faire de la charpie. En d'autres termes, vous leur ôtez la vie !

— Détrompez-vous ! répliqua le chercheur, la voix soudain assourdie par le bruit du vent.

Une sorte de pesanteur s'était brutalement ajoutée à son ton jusque-là placide, qui plongea ses trois visiteurs dans le silence.

— Bien au contraire, je leur insuffle une nouvelle vie, rectifia-t-il sur un ton doucereux. Si on ne les lit pas, les histoires disparaissent. Alors je leur apporte quelques retouches afin de prolonger leur précieuse existence. J'en établis un synopsis. Je leur applique la méthode de lecture rapide. Ce faisant, je permets à ces histoires en voie de disparition de laisser une trace dans notre époque moderne, tout en satisfaisant les attentes de ceux qui souhaitent assimiler des chefs-d'œuvre dans un temps limité. « Melos était en colère. » N'est-ce pas là un merveilleux synopsis ?

L'homme se leva lentement et agita ses ciseaux dans l'air, comme pour diriger l'orchestre qui jouait à présent au complet.

— Littérature et musique se ressemblent énormément, ne trouvez-vous pas ? Ces deux arts merveilleux nous apportent sagesse, courage et quiétude. Ce sont des outils spécialement conçus par les humains afin de s'octroyer réconfort et inspiration. Il existe cependant une différence de taille entre les deux.

La blouse du chercheur dessinait de grandes volutes dans les airs tandis que son corps rondelet tournoyait avec aisance au rythme de la symphonie, ses ciseaux miroitant à chaque mouvement.

— La musique trouve sa place un peu partout dans notre quotidien : dans l'autoradio d'un chauffeur, le lecteur portable d'un piéton, la radiocassette d'un laboratoire, prête à nous apaiser à tout moment. Mais il n'en va pas de même avec les livres. On peut faire son jogging en écoutant de la musique, mais pas en lisant un livre. Je peux poursuivre mes recherches en savourant la *Neuvième* de Beethoven, mais je ne puis écrire d'essai tout en dévorant le *Faust* de Goethe. Cette loi aussi naturelle que pathétique est la raison profonde du déclin de l'écrit. Si je me consacre corps et âme à la recherche, c'est afin de secourir les livres promis à ce triste destin. Je ne les découpe pas, je les sauve !

À peine eut-il fini sa tirade qu'un puissant solo de baryton se lança, comme à point nommé.

Le chat ne trouva rien à répondre.

Rintarô avait une petite idée de ce que devait ressentir son compagnon à quatre pattes.

Il en avait été de même lors de leur première mission, dans le manoir de cet étrange collectionneur. Aussi insensés que parussent ses propos, ils faisaient preuve d'une acuité qui empêchait de les moquer comme un simple délire paranoïaque.

Peut-être était-ce le tranchant de la vérité.

— À l'heure actuelle, vous savez, reprit avec douceur le chercheur, comme s'il avait flairé le trouble que ressentait Rintarô, les ouvrages les plus complexes perdent rapidement de la valeur au seul prétexte qu'ils sont difficiles à comprendre. Tout le monde voudrait pouvoir lire des livres aussi facilement qu'on télécharge des compilations de chants de Noël. Des lectures en abondance, amusantes et rapides. S'ils ne satisfont pas aux exigences de l'époque, les chefs-d'œuvre n'auront plus longtemps à vivre. C'est pour préserver leur vie que je manie les ciseaux.

— Junior !

La voix du chat ramena Rintarô à lui.

— Ne me dis pas que tu te laisses convaincre ?

— Pour être honnête, un peu…

Vibrisses dressées, le félin adressa un regard dur à l'adolescent.

Devant eux, le chercheur continuait de diriger son orchestre imaginaire. Alors que ses ciseaux étincelaient dans la lumière, le chœur tout entier entonna l'*Hymne à la joie*.

— Certes, ce serait formidable de pouvoir lire tout *Faust* en deux minutes…

— Sophisme.

— Quand bien même, intervint Sayo. Je crois saisir ce qu'il veut dire. Pour ma part, je lis lentement et j'ai du mal à assimiler les ouvrages difficiles, aussi m'arrive-t-il de choisir la facilité en me contentant de lire en diagonale ou de parcourir un résumé…

— Vous avez tout compris ! s'exclama le chercheur avec satisfaction. Vous avez parfaitement saisi mon propos. Ce sont les gens comme vous que je veux aider.

Une sorte d'extase se dessinait sur le visage de Sayo. La lycéenne intelligente et vivace posait sur l'homme en blanc un regard rêveur.

Le Tigre haussa le ton.

— Elle est en train de se laisser embobiner… Rintarô, fais quelque chose !

— Que veux-tu que je fasse, au juste ?

Le jeune homme chercha une réponse, mais la musique, assourdissante, l'empêchait de réfléchir.

Elle agissait comme une barrière protectrice autour de l'homme, bloquant les pensées de ses visiteurs et leur interdisant de l'approcher.

Le front perlé de sueur, Rintarô ferma les yeux et porta la main à ses lunettes.

Qu'aurait dit Grand-père dans un pareil moment ?

Il s'efforça de visualiser mentalement le profil de son aïeul en train de siroter une tasse de thé, perdu dans ses réflexions. Ses yeux tranquilles suivant les mots sur la page. Les verres de ses lunettes de lecture brillant doucement à la lumière de la lampe. Ses doigts fripés tournant les pages.

« Aimes-tu la montagne, Rintarô ? » murmura soudain une voix profonde dans l'esprit du jeune homme.

Celle, douce, de son grand-père tandis qu'il préparait le thé d'une main experte.

« La montagne, Rintarô.

— Je n'y suis jamais allé, je ne peux pas me prononcer », avait répondu l'adolescent d'un air ennuyé, sans doute absorbé par quelque lecture.

Le grand-père s'était assis aux côtés de son petit-fils avec un petit rire.

« Lire un livre, c'est comme gravir une montagne.

— Quel rapport ? »

Rintarô avait levé le nez, intrigué.

Le grand-père avait soulevé sa tasse pour la remuer lentement devant ses yeux, comme pour en savourer l'arôme.

« La lecture n'est pas qu'un agréable divertissement. Parfois, c'est aussi un processus long, mentalement épuisant, dans lequel il faut arpenter maintes et maintes fois un même passage pour en examiner chaque ligne. Une fois ce pénible labeur accompli, notre vision s'ouvre soudain. De la même façon qu'un nouveau panorama se dévoile à l'alpiniste au terme d'une longue ascension. »

Sous la lueur des lampes anciennes, Grand-père avait porté la tasse à ses lèvres, tel un vieux sage dans un roman de *fantasy*.

« La lecture compte aussi ses moments laborieux. »

Dans les petits yeux dissimulés derrière ses épaisses lunettes brillait un éclat.

« Les lectures agréables aussi, c'est bien. Mais à n'emprunter que des sentiers faciles, on n'admire que des paysages limités. Il ne faut pas reprocher à la montagne ses sentiers escarpés. Gravir la paroi en haletant à chaque pas est un des plaisirs de l'ascension. »

Il avait tendu un bras noueux pour flatter la tête de son petit-fils.

« Tant qu'à gravir une montagne, autant s'attaquer à la plus haute. La vue n'en sera que plus spectaculaire», avait-il ajouté d'une voix chaleureuse.

Rintarô fut surpris de se rappeler qu'il avait eu une telle conversation avec son grand-père.

— Junior!

Le jeune homme ouvrit soudain les yeux en entendant la voix du Tigre.

À côté de lui, Sayo avait singulièrement changé d'aspect.

Ses joues, d'ordinaire si saines, avaient perdu leurs couleurs, et ses yeux auparavant pleins de vitalité ne renvoyaient plus qu'une lueur pâle et inorganique. Elle affichait le même teint étrangement blafard caractérisant les hommes en blouse qu'ils n'avaient cessé de croiser depuis leur arrivée à l'institut.

Le finale battait son plein. Rintarô s'empressa de retenir la jeune fille par la main alors qu'elle se mettait en marche, comme attirée par une force invisible. Les doigts glacés, les membres vidés de toute force, elle n'opposa aucune résistance.

Pris d'un frisson, Rintarô grimaça brièvement avant de guider sa camarade vers une petite chaise à proximité.

— Ce n'est pas ainsi que tu gagneras du temps, junior.

— Je le sais bien!

Rintarô ne céda pas à la panique en dépit des avertissements du chat. Si le jeune homme ne possédait pas la dignité du Tigre ni la vivacité d'esprit de Sayo, il avait connu un quotidien sombre, avec son lot de crises et de dilemmes.

Posté au centre de la pièce, ciseaux dans une main, livre dans l'autre, le chercheur en blouse blanche continuait d'agiter les deux bras tel un chef d'orchestre. À chacun de ses gestes, les ciseaux entamaient le papier, dans une pluie de confettis.

Rintarô ne comprenait pas grand-chose à ces histoires d'optimisation de la vitesse de lecture.

Il en savait assez, néanmoins, pour saisir que lecture rapide et synopsis ne pouvaient qu'affaiblir le pouvoir contenu dans les livres.

Un fragment découpé n'est que cela : un fragment.

Il était dans la nature humaine de négliger quantité de détails sous le coup de la précipitation. Si l'on prenait le train, certes, on pouvait aller plus loin, mais il ne fallait pas espérer que cela suffise à augmenter votre discernement. Les fleurs du chemin et les oiseaux à la cime des arbres, eux, iraient à la rencontre du promeneur qui aurait eu la candeur de déambuler à pied.

Après un moment de réflexion, Rintarô fit lentement un pas vers le chercheur.

Sans se presser, sans s'agiter ni tirer de conclusions hâtives, réfléchissant à son propre rythme, bien campé sur ses deux jambes, il alla à la rencontre de leur hôte, tendant le bras vers la radiocassette posée sur la table.

Aussitôt, le scientifique l'arrêta d'une main potelée.

— Vous n'allez quand même pas interrompre ma précieuse musique ?

— Pas d'inquiétude, répondit le lycéen d'un ton calme qui laissa son interlocuteur perplexe.

Rintarô profita de cet instant pour presser le bouton « avance rapide ».

La *Neuvième Symphonie* continua de se dérouler au triple de la vitesse normale, réduite à un bruit grotesque.

Ce n'était plus qu'un hymne précipité, bâclé, strident et hystérique.

— Arrêtez, c'est insupportable !

— Je suis bien de cet avis, répondit paisiblement Rintarô, sans pour autant relâcher le bouton. Je partage votre point de vue. Mais en adoptant la technique de l'avance rapide, vous pourrez écouter votre chère *Neuvième* bien plus souvent.

Le chercheur s'apprêta à répondre, avant de s'interrompre, les sourcils froncés.

— Néanmoins, poursuivit Rintarô, si on passe en avance rapide, la musique est ruinée. La *Neuvième* dispose de son propre tempo. Si vous tenez véritablement à profiter de la musique…

Rintarô retira son doigt de l'appareil. Le chœur retrouva son flot majestueux.

— … vous devez l'écouter au bon tempo. Il n'y a pas pire que l'avance rapide !

Le chœur entonna des *Freude ! Freude !* à l'octave supérieure de la première entrée, dans une explosion de joie débordante. Le grand *tutti* emplit la pièce d'une vibrante extase.

— En est-il de même… (l'homme se tourna vers Rintarô)… pour les livres ?

— En tout cas, lecture rapide et synopsis sont le pendant de ce finale en accéléré.

— Mais encore ?

— C'est peut-être intéressant en soi, mais ce n'est plus la symphonie telle que l'a composée Beethoven. Vous devriez d'autant mieux comprendre que vous dites aduler la *Neuvième*. Tout comme je le comprends parce que j'aime les livres.

Dans sa main figée, le chercheur serrait à présent les ciseaux qu'il agitait jusque-là avec énergie.

Après un moment de réflexion silencieuse, il posa sur Rintarô ses yeux aux sourcils épais.

— Mais les livres qu'on ne lit pas disparaissent…

— C'est dommage.

— Et vous trouvez cela bien ?

— Non. Mais je trouve tout aussi dommage de vouloir réduire *Cours, Melos !* à une simple phrase. De la même façon qu'une musique ne se résume pas à ses notes, un livre ne se résume pas à ses mots.

— Mais, cependant, de nos jours, les gens ont oublié comment lire lentement, se défendit le chercheur d'une voix étranglée, les ciseaux toujours serrés dans sa main. C'est la société actuelle qui impose le recours à la lecture rapide et aux synopsis, ne pensez-vous pas ?

— Je n'en suis pas si sûr.

Pris de court par la riposte, le chercheur écarquilla des prunelles démesurées derrière ses lunettes.

— Moi, j'aime les livres, tout simplement. Alors…

Rintarô laissa un temps sa phrase en suspens pour soutenir le regard de son adversaire.

— Je suis contre le découpage des livres, même si le reste du monde le réclame.

La musique s'était tue.

Dans la pièce ne résonnait plus que le *clac clac* de la bande qui tournait à vide. Maintenant que la musique oppressante avait disparu, le silence suffocant n'était plus troublé que par le bruit mécanique de la radiocassette.

— Moi aussi, j'aime les livres, murmura le chercheur, les épaules baissées.

Rintarô acquiesça avec réserve.

L'adolescent n'éprouvait aucune inimitié envers l'homme qui se tenait devant lui.

Jamais une personne qui détestait les livres ne tiendrait un tel raisonnement. Les propos du chercheur contenaient indéniablement une part de vérité. Chercher à préserver les livres, les secourir, les transmettre au plus grand nombre…

Une personne tenant ce raisonnement ne pouvait pas ne pas aimer les livres.

Et pourtant, songea Rintarô.

— Il n'en reste pas moins que vous découpez les livres.

— Tu sais, les gens qui aiment la littérature…

Le chercheur leva légèrement le menton avant de pousser un profond soupir.

— … n'aiment pas qu'on emploie ces termes.

L'homme brandit les ciseaux dans sa main droite.

Lorsqu'il desserra les doigts avec un sourire imperceptible, les ciseaux s'évaporèrent dans une nuée scintillante. Au même instant, un bruissement de papier se fit entendre. Il n'y avait pas que le son : malgré l'absence de vent, les innombrables fragments de papier dispersés à travers la pièce se soulevèrent pour se mettre à danser dans les airs.

Surpris, Rintarô eut un mouvement de recul.

Les confettis emplirent rapidement son champ de vision. Médusé, le jeune homme les regarda se regrouper, s'empiler, fusionner pour retrouver leur forme originale : celle d'un livre.

Le chercheur, lui, se tenait hagard au milieu de ce tourbillon de papier.

Attristé par sa silhouette affaissée, Rintarô s'empara d'un ouvrage qui s'était reformé sur la table juste à côté pour le lui tendre.

— *Cours, Melos!* murmura l'homme en déchiffrant la couverture.

— Moi aussi, j'aime beaucoup cette histoire. Pourquoi n'essaieriez-vous pas de la lire lentement, à voix haute, à l'occasion? Cela vous prendra peut-être du temps, mais vous ne le regretterez pas.

Le chercheur attrapa le fin volume et le contempla sans bouger.

Le blizzard de papier ne faiblissait pas. Mais quelques livres ayant regagné leur forme originelle se dégageaient du flot de confettis pour aller reprendre leur place sur les étagères ornant les murs. Quel spectacle que de voir ces ouvrages, des opuscules dénués de toute fioriture aux éditions les plus luxueuses, reliées de cuir, rejoindre un à un les rayons.

Une pâle lumière avait commencé à envelopper la pièce. Au même moment, le grand *tutti* de l'*Hymne à joie* s'était mis à retentir à l'oreille de Rintarô.

Le jeune homme jeta un regard en direction de la table : la radiocassette était toujours à l'arrêt.

Le chercheur, lui, fredonnait la mélodie.

Son exemplaire de *Cours, Melos!* à la main, hochant vivement la tête au rythme de la musique, l'homme ôta sa blouse d'un geste détendu et la jeta sur le bureau derrière lui. Le halo blanc enroba le vêtement abandonné.

— Cher petit visiteur…

Avec un sourire, il ôta sa cravate.

— J'ai été ravi de te rencontrer. Je te souhaite un bel avenir, dit-il avec élégance, avant de lui adresser un léger salut et de s'éloigner en chantonnant, son dos trapu enrobé de lumière.

La joyeuse mélodie se dissipa peu à peu tandis que la clarté enveloppait tout.

*

Lorsqu'elle revint à elle, Sayo demeura immobile un moment.

Elle se contenta de balayer les environs du regard, comme pour saisir la situation.

Elle se trouvait dans un coin de la librairie Natsuki, où elle s'était apparemment endormie, assise sur une petite chaise ronde en bois adossée contre la bibliothèque. Une couverture la protégeait et un réchaud à huile chauffait à proximité, comme si quelqu'un avait fait de son mieux pour prendre soin d'elle. Un nuage de vapeur s'élevait d'une bouilloire blanche posée sur l'appareil.

Tournant son regard vers l'entrée, elle vit briller le soleil matinal. À contre-jour se tenait un de ses camarades de classe, la main posée sur ses lunettes dans une attitude pensive.

Immobile, il contemplait les rayonnages d'un air presque solennel, comme s'il essayait de mémoriser une à une les couvertures de chaque ouvrage, puis de stocker mentalement les histoires qui y étaient écrites.

— Tu aimes sincèrement les livres, dit Sayo avec réserve.

Rintarô se retourna alors, comme s'il remarquait seulement sa présence, avant de pousser un soupir de soulagement.

— Me voilà rassuré ! Je me demandais que faire si jamais tu ne te réveillais pas. Tu semblais plongée dans un sommeil très profond.

— J'étais épuisée, après la répétition de ce matin. Cela va sans dire, mais je n'ai pas l'habitude de m'endormir comme ça chez les autres, répondit Sayo d'une voix plus vive encore que d'habitude.

Sentant ses joues s'empourprer légèrement, elle poursuivit, comme pour dissimuler sa gêne :

— Je te remercie, Natsuki. Je t'ai causé bien du tracas.

— Pardon ?

— Tu as dû me transporter jusqu'ici, n'est-ce pas ? Depuis cet endroit bizarre…

À ces mots, Rintarô détourna discrètement les yeux avant de pencher la tête dans un geste exagéré.

— Aurais-tu fait un rêve fantaisiste ?

— Dis donc, toi…

Toujours assise, Sayo lui adressa un regard sévère.

— Ne me dis pas que tu veux faire passer tout ça pour un rêve ? Hors de question. Car je me souviens de tout. Le chat qui parle, le couloir rempli de bibliothèques, l'étrange laboratoire de lecture. Dois-je continuer ?

— Pas la peine, répliqua précipitamment Rintarô en agitant les deux mains. Je n'ai pas l'intention de protester inutilement.

— Très bien, approuva Sayo avec un rire.

Le curieux tableau continuait d'apparaître et de disparaître dans un coin de son esprit. Les blouses blanches affairées, l'escalier sans fin, la *Neuvième* de Beethoven à plein volume, et cette étrange conversation…

Ses souvenirs devenaient flous à partir du milieu de la discussion, mais elle se rappelait avec certitude avoir senti la main tiède de son camarade la tirer des ténèbres insondables dans lesquelles elle se noyait comme dans une mer profonde.

Elle avait peine à croire que cette main secourable était celle de ce jeune homme taciturne.

— Et le chat ? s'enquit-elle soudain.

Rintarô secoua la tête.

— Il a disparu à notre retour. La dernière fois aussi, il était reparti sans demander son reste.

— Autrement dit, on pourrait le revoir ?

— La perspective semble te réjouir, constata Rintarô, perplexe. Sache, chère déléguée, que je ne tiens pas à t'entraîner encore dans ce genre d'histoire.

— Trop tard pour t'en inquiéter, répliqua l'intéressée d'un ton de défi tout en se levant pour s'étirer.

Dehors brillait un soleil éclatant. Un coup d'œil à l'horloge l'informa que peu de temps s'était écoulé depuis son entrée dans la boutique ; d'ailleurs, elle avait l'impression d'être tout juste arrivée. La scène avait quelque chose de si banal que tout lui paraissait n'avoir été qu'un rêve, en effet.

Plissant les yeux dans la lumière matinale, Sayo changea soudain de sujet.

— Est-ce que les préparatifs pour le déménagement se passent bien ?

— Je n'ai encore rien fait.

— Rien, dis-tu ? Ça va aller ?

— Sans doute pas, mais… (Il hocha la tête.) Je ne suis pas sûr d'être tout à fait convaincu.

— Que veux-tu dire ?

— Eh bien… Je n'ai pas tellement envie de m'éloigner de cet endroit. Je sais que ce n'est pas le moment de traîner, mais j'ai du mal à me faire à cette idée. Alors pour l'heure, je me contente d'y réfléchir en silence.

« Ce n'est pas en réfléchissant que tu pourras résoudre le problème », se retint de lui répondre Sayo.

Elle éprouva une sensation inattendue en contemplant le profil de son camarade dont le regard se perdait quelque part au loin.

Comme toujours, Rintarô n'articulait pas clairement. Il était difficile de comprendre son propos, et parfois on perdait le fil en cours de route. Mais cette fois, cela semblait un peu différent d'une simple hésitation ou d'une incapacité à trancher une décision. Il avait l'air plutôt décidé à analyser aussi sérieusement que possible les nombreuses pensées qui l'assaillaient.

C'était ce genre de personne…

Sayo écarquilla légèrement les yeux, comme sous le coup d'une révélation.

Ce caractère qui affleurait derrière sa façade de jeune homme indécis et peu fiable ne pouvait être décrit que comme une forme de candeur confinant à la bêtise.

Soudain, un groupe de lycéennes passa devant la boutique en riant à gorge déployée.

Sayo saisit l'occasion.

— Dis, aurais-tu des lectures à me recommander ?

— Je veux bien te conseiller, répondit Rintarô embarrassé, mais les livres que j'aime sont assez difficiles.

— Ça ne me dérange pas. D'autant que je n'ai plus l'intention de me reposer sur de simples synopsis.

— Tu m'en vois rassuré, s'esclaffa Rintarô.

Tournant son regard vers les étagères, il porta la main à ses lunettes.

Sa silhouette figée face aux rayons rappela à Sayo celle d'un savant aussi avisé qu'expérimenté.

— Voyons voir… Que pourrais-je te conseiller ? murmura le jeune homme avec une assurance et une détermination qui contredisaient son allure hésitante.

Les yeux plissés, Sayo contempla un moment son camarade à contre-jour dans le soleil matinal.

Chapitre 3

TROISIÈME DÉDALE

Celui qui liquidait les livres

— Bien, nous avons fini pour aujourd'hui. Soyez prudents sur le chemin du retour, lança le professeur principal d'une voix forte depuis son estrade.

Au même moment, les élèves commencèrent à se lever avec fracas.

— C'est pas trop tôt !

— Je meurs de faim !

— Aujourd'hui aussi, tu as ton club ?

Une atmosphère tapageuse envahit aussitôt la salle.

Rangeant rapidement cahiers et manuels dans son sac, Sayo Yuzuki se leva elle aussi, le regard tourné vers la fenêtre. Un siège, seulement, demeurait vide.

— Aujourd'hui encore, il a séché…

C'était la place de Rintarô Natsuki.

Le jeune homme avait toujours été plutôt discret, aussi son absence n'avait-elle pas de réel effet sur l'ambiance de la classe et leurs camarades ne s'en inquiétaient-ils pas. Quelques jours plus tôt encore, Sayo elle-même n'y prêtait guère attention.

Mais les choses avaient un peu changé depuis.

Elle aurait pu donner plusieurs raisons à cela, comme le fait qu'elle était déléguée de classe, qu'elle habitait près de chez lui ou qu'elle avait dû lui apporter le carnet de correspondance ; mais elle-même savait que ce n'était pas le cœur du problème.

Car son impression de Rintarô, jusque-là celle d'un jeune intello à la présence transparente, s'était transformée depuis qu'elle l'avait vu en compagnie de ce mystérieux chat tigré.

— Oh, Natsuki a encore séché ? s'écria une voix depuis le couloir.

De l'autre côté de la vitre se tenait un jeune homme à la taille élancée.

C'était Ryôta Akiba, un élève à la tête bien faite, premier de sa promo et président du club de basket. Son sourire éclatant attira les regards enflammés et les cris enthousiastes des filles encore présentes dans la salle.

— Qu'est-ce que tu veux, Akiba ? demanda Sayo, ouvertement glaciale.

Membres du conseil des élèves, les deux jeunes adolescents étaient régulièrement en contact, mais

Sayo n'arrivait toujours pas à supporter le caractère frivole de son brillant aîné. N'ayant pas l'habitude de faire preuve de diplomatie face à ce genre de personne, elle ne s'était pas gênée pour prendre ses distances, mais Akiba avait dû s'en rendre compte, car il l'interpellait d'une voix amusée.

— Alors comme ça, il n'est jamais revenu en cours, finalement ? Comme c'est ennuyeux.

— Pas très convaincant, de la part du senior qui en a profité pour tirer au flanc avec lui.

— Ce que tu peux être dure ! Je ne faisais que témoigner mon soutien à ce pauvre junior qui avait perdu un membre de sa famille, protesta Akiba avec un clin d'œil à des jeunes filles qui passaient.

Sayo lui adressa un regard vide.

— Dans ce cas, puis-je te demander d'aller lui porter le carnet de correspondance afin de lui témoigner ton soutien ? Il y a aussi les polycopiés d'hier.

— Pourquoi ? Ne veux-tu pas le faire toi-même ?

— Encourager un jeune homme qui vient de perdre son grand-père, c'est trop difficile pour moi. Un camarade masculin me semble mieux désigné pour accomplir cette tâche.

— Je regrette, mais lui et moi sommes trop différents en matière d'intelligence, de capacités physiques, d'allure et de caractère pour réussir à nous comprendre mutuellement.

Comme toujours, son visage avenant cachait une langue de vipère.

— Sans compter que, ajouta-t-il avec un sourire lourd de sens, puisque tu as acheté des livres dans sa boutique, c'est plutôt à toi d'y aller, non ?

Le regard du jeune homme s'arrêta sur l'épais livre de poche qu'elle tenait à la main.

— Je ne savais pas que la cheffe assistante de la fanfare s'intéressait aux classiques.

— En voyant un de mes camarades enfermé dans une librairie pour y dévorer des livres, j'ai eu envie de m'y mettre à mon tour. Mais j'ai eu beau tourner les pages, il n'y avait que des mots, alors j'ai laissé tomber, les épaules crispées.

— Austen est un bon choix, pourtant.

Le ton d'Akiba avait un peu changé.

— C'est une bonne introduction à la littérature, parfaitement indiquée pour les jeunes filles. Je n'en attendais pas moins de Natsuki.

Dans ses yeux rieurs miroitait une lueur douce qui ne ressemblait guère à son tempérament narquois.

Intérieurement, Sayo poussa un soupir d'exaspération.

Lorsqu'ils parlent de leur passion, les lecteurs enthousiastes changent complètement d'expression.

L'esprit traversé d'un souvenir, Sayo serra de plus belle son exemplaire d'*Orgueil et Préjugés*.

*

— Bien, je te laisse t'occuper du reste, mon petit Rin.

Un bruit de moteur retentit, et la Fiat 500 blanche démarra en trombe.

C'était le crépuscule. Le soleil commençait à décliner, et le ciel hivernal d'un bleu immaculé à se teinter de garance.

Alors qu'il regardait s'éloigner la petite voiture de sa tante, Rintarô lui adressa de grands gestes d'adieu afin de ne pas l'inquiéter. Après s'être assuré que le véhicule avait disparu au coin de la rue, il laissa s'échapper un soupir.

— Ne soyez pas si familière, ma tante…, souffla-t-il, abandonnant toute comédie.

À son oreille résonnait encore la voix tendue de celle qui venait de partir.

— C'est bien clair, mon petit Rin ? Je compte sur toi pour faire tes valises en prévision du déménagement.

Aujourd'hui, après lui avoir rendu visite presque tous les jours depuis la mort de son grand-père, elle lui avait annoncé la date fatidique.

Pour l'heure, il n'avait pas à trop s'inquiéter face à cette femme au caractère joyeux et optimiste. Coincée dans sa Fiat blanche, sa silhouette trapue, bien en chair et pleine de charme lui rappelait un petit sylvain issu d'un vieux livre d'images.

En dépit de cette apparence, pourtant, elle s'était révélée étonnamment efficace et avait bien avancé dans le rangement des affaires de grand-père.

« À toujours vivre enfermé dans sa chambre, on finit par perdre le moral. »

Elle avait prononcé ces mots par sollicitude, Rintarô le savait. Après tout, il ne pouvait pas passer sa vie à rêvasser, cloîtré dans cette librairie. Lui-même se sentait quelque peu coincé.

Il éprouva une vague de soulagement en apercevant sur le trottoir d'en face la déléguée de classe qui rentrait chez elle.

— Eh bien, ce n'est pas souvent que tu mets le nez dehors, monsieur l'ermite, constata Sayo en approchant d'un pas vif.

— Tu rentres des cours ?

— En voilà une question ! Et toi, tu as encore séché. À quoi joues-tu ?

Le regard perçant et le franc-parler de la déléguée avaient quelque chose d'agréable.

Tournant les yeux de l'autre côté de la rue, Rintarô s'empressa de changer de sujet.

— C'est ma tante. Elle m'a dit de me dépêcher de faire mes valises. Les déménageurs doivent venir après-demain.

— Si tôt ?

Sayo haussa les sourcils, comme prise de court par l'annonce.

— Voilà une semaine que Grand-père est mort. Je suppose qu'on ne pouvait pas laisser éternellement seul un lycéen inexpérimenté.

— Comme toujours, tu te montres d'un calme olympien, comme si cela ne te concernait pas.

— Ce n'est pas ça…

— Une fois de plus, tu gamberges tout seul. Si tu n'arrêtes pas de réfléchir de temps à autre, ton cerveau risque la surchauffe !

Rintarô ne put qu'esquisser un sourire forcé devant la perspicacité de sa camarade.

— Désormais, tu ne seras plus obligée de m'apporter le carnet de correspondance.

— Je ne suis pas là pour ça.

Elle lui tendit le livre qu'elle tenait sous le bras.

— Très intéressant.

C'était au tour de Rintarô d'être surpris par ses paroles.

— Tu l'as déjà fini ?

— Eh oui ! Grâce à ça, je n'ai pas dormi pendant deux nuits, dit-elle d'un ton ennuyé, contredit par son regard malicieux. Que me conseilles-tu de lire ensuite ? Puisqu'il ne reste que deux jours avant ton déménagement, je peux en acheter deux ou trois.

Sans attendre de réponse, elle pénétra dans la librairie.

Rintarô se précipita à sa suite et manqua de la percuter lorsqu'elle s'arrêta net.

— Yuzuki ? bredouilla-t-il, avant de suivre son regard et de comprendre.

— N'est-ce pas le propre de la jeunesse, junior ?

L'être qui venait de prononcer ces mots sans même un sourire n'était autre qu'un chat tigré et bien bâti, à la robe tricolore et aux yeux de jade.

Il se tenait fièrement à l'entrée d'un couloir de bibliothèques baigné d'une lumière pâle.

— Heureux de te voir toujours aussi oisif.

— Au contraire, je suis très occupé à préparer le déménagement.

— Balivernes ! Tu n'as rien préparé du tout, avoue !

Après avoir pulvérisé les défenses de Rintarô, le Tigre se tourna vers Sayo et inclina respectueusement la tête.

— Quel honneur de vous revoir. Merci de tout ce que vous faites pour junior.

— Je t'en prie, répondit Sayo, qui se délectait visiblement de la situation.

Cette capacité d'adaptation était la marque des déléguées compétentes.

— Je ne pensais pas te revoir.

— Le regrettez-vous ?

— Au contraire, j'en suis ravie. Je garde un excellent souvenir de notre précédente rencontre.

Le chat agita les moustaches, visiblement séduit par le discours sans prétention de la jeune fille, avant de se retourner de nouveau vers Rintarô.

— Quelle charmante demoiselle, souple d'esprit ! Et quel contraste avec ce jeune homme réactionnaire et indécis, incapable de passer à l'action en dépit de ses compétences.

— Loin de moi l'idée de te contredire, mais cela ne justifie pas une telle intrusion. Ce n'est pas très agréable de te voir systématiquement surgir à travers le mur, tu sais.

— Inutile de t'en inquiéter, répliqua le félin d'un ton détaché. Cette fois sera la dernière.

— Pardon ?

Le Tigre confirma et prit une profonde inspiration avant de poursuivre.

— Prête-moi encore une fois ta force.

Sa voix grave résonna dans la boutique.

*

— Là-bas nous attend le dernier dédale, annonça le chat d'une voix dénuée d'émotion tout en avançant vers la lumière.

Derrière lui, Rintarô et Sayo marchaient en silence dans l'étrange couloir aux murs tapissés d'immenses bibliothèques, éclairées à intervalles réguliers par des lampes suspendues.

— Tu as déjà sauvé un grand nombre de livres. Je t'en suis reconnaissant.

— Tu te montres étrangement formel, pour une fois, constata Rintarô d'un air détaché devant ces paroles qui ne ressemblaient pas à ce félin à la langue d'ordinaire bien pendue. On dirait que tu te prépares à me faire tes adieux.

— Tu n'as pas tout à fait tort.

Comme pour protester face à cette réponse, Rintarô haussa le ton.

— C'était déjà la surprise quand tu es apparu, mais je suppose qu'il ne servira à rien de te poser des questions alors que tu vas disparaître.

— Tu n'y pourras rien. De tout temps, les chats n'ont eu que faire des conventions humaines.

— Au moins les chats que je connais ne crachent-ils pas du venin comme tu le fais…

— Quelle étroitesse d'esprit ! Des chats comme moi, ce n'est pas ce qui manque dans ce monde, décréta le Tigre sans se retourner.

Rintarô esquissa un sourire amer.

— Tes remarques acerbes vont me manquer.

— Ne te réjouis pas trop vite. Il nous faut d'abord franchir ce labyrinthe.

Le Tigre s'arrêta soudain et posa sur Rintarô un regard étonnamment sérieux.

— Le maître de ce troisième dédale s'avère particulièrement coriace.

Les prunelles de jade du félin passèrent de Rintarô à Sayo. La jeune fille, qui écoutait leurs échanges en silence, fronça les sourcils devant sa mine impérieuse.

— Qu'y a-t-il ?

— Ce dernier adversaire sera un peu différent des précédents.

— Dois-je rebrousser chemin parce que c'est trop dangereux ?

Plutôt que de lui répondre directement, le chat prit le temps de se nettoyer la figure.

— C'est un adversaire dont on ne peut prévoir la réaction. Junior risque de s'inquiéter encore plus pour votre sécurité.

— Alors cette fois, même toi, tu es de son côté ?

— Pas du tout.

— Ah bon ?

— Certes, je n'avais absolument pas prévu votre présence. Mais je doute qu'elle soit due au hasard.

Les deux jeunes gens échangèrent un regard devant cette réponse énigmatique.

— Si vous êtes ici, c'est sans doute pour une raison précise. Je m'en voudrais de vous chasser.

— Dis donc…, commença Rintarô.

Sans s'en préoccuper, le Tigre inclina cérémonieusement la tête devant Sayo.

— S'il devait arriver quoi que ce soit, je vous confie junior, proclama-t-il d'une voix forte.

La jeune fille demeura un instant silencieuse, avant de lui répondre avec un sourire des plus charmants :

— Dois-je en déduire que tu me fais confiance ?

— Junior n'est pas stupide, mais il manque de courage et rechigne à prendre des décisions dans les moments cruciaux. On ne peut pas vraiment compter sur lui.

— Je suis bien d'accord.

— Vous êtes gonflés de débiter tout ça devant moi…, protesta enfin le garçon. Tu n'es pas obligée d'accepter, Yuzuki. Qui sait ce qui pourrait arriver ?

— Auparavant, j'aurais sans doute rebroussé chemin. Mais s'il devait t'arriver quelque chose maintenant, ce serait ennuyeux pour moi aussi.

La déclaration laissa Rintarô coi.

— Après tout, tu ne m'as toujours pas recommandé de nouvelle lecture, ajouta Sayo avec un clin d'œil.

Le Tigre eut un petit rire.

— Voilà qui est réglé, dit-il avant de se remettre en marche.

Sayo lui emboîta le pas sans hésiter.

Resté en arrière, Rintarô n'avait guère le choix. Alors qu'il se précipitait à leur suite, une lumière blanche les avala.

*

Lorsqu'elle se dissipa, un étrange paysage se révéla à eux.

Le premier détail qui s'offrit à leurs yeux était un corridor long et étroit qui ondulait doucement. Il avait la même largeur que le couloir qui les avait menés jusque-là, mais c'était leur seul point commun.

Au-dessus de leurs têtes s'étirait un azur sans nuages – car à la différence de l'allée de la librairie, plongée dans la pénombre et équipée de lampes, ce nouveau passage était à ciel ouvert. Les murs dressés de part et d'autre dominaient Rintarô, l'empêchant de voir par-dessus, mais la lumière qui les inondait lui donnait une impression de liberté.

Aussi ouvert que paraissait l'endroit, cependant, un spectacle inquiétant se déployait devant eux.

Sayo fut la première à laisser éclater sa surprise.

— Qu'est-ce que c'est que ça ? hurla-t-elle à tue-tête.

Même s'il se garda de piper mot, Rintarô partageait sa frayeur.

Les murs qui encadraient le passage étaient constitués de livres empilés sans rime ni raison.

Les ouvrages semblaient entassés sans la moindre logique ni le moindre soin, certains déchirés, d'autres enfoncés de force ; la plupart des volumes en bas de la pile avaient perdu leur forme, écrasés par le poids des autres. Leur amoncellement formait des cloisons particulièrement élevées.

Il n'était pas besoin d'être un amateur des livres comme Rintarô pour trouver ce spectacle déplaisant.

— Allons !

La voix profonde du Tigre ramena les deux jeunes gens à eux.

Ils ne trouvèrent rien à répondre. Seul le silence pouvait exprimer leur sentiment le plus profond.

Rintarô et Sayo échangèrent un regard avant de se mettre en marche.

Plongé dans le silence, le sentier poursuivait ses méandres sans fin ; l'absence de paysage leur fit vite perdre tout repère. Ce décor à l'allure décadente, rendu plus vide et oppressant encore par la clarté disproportionnée du soleil, leur donnait l'impression de se trouver prisonniers d'une œuvre d'art contemporain de mauvais goût.

Avant qu'ils aient pu se demander quelle distance ils avaient déjà parcourue et combien de temps ils devraient encore continuer ainsi, un immense mur gris se matérialisa devant eux.

— Une impasse ? demanda Sayo d'un air soulagé.

— Sans doute sommes-nous arrivés à destination.

Rintarô s'arrêta pour regarder en l'air.

Percée d'une multitude de fenêtres carrées, la gigantesque façade s'étirait en hauteur jusqu'à se fondre dans la brume. Les murs de livres qui l'encadraient empêchaient de s'en faire une idée précise, mais s'il fallait décrire l'édifice, il avait tout d'un gratte-ciel colossal. Après avoir avancé de quelques pas, le petit groupe se trouva face à une grande porte vitrée, surplombée d'une inscription soignée : *Entrée.*

— Ne perdons pas de temps, lança le chat, guère impressionné, avant de se mettre en marche d'un pas assuré.

Les panneaux de verre s'écartèrent pour laisser entrer le petit groupe. Au même instant, une femme apparut, vêtue d'un tailleur parme impeccable, pour les saluer.

— Bienvenue dans la Plus Grande Librairie du Monde, première maison d'édition à l'échelle de la planète, dit-elle d'une voix mécanique, assortie d'un sourire tout aussi mécanique.

Il en fallait, du culot, pour se baptiser ainsi.

— Puis-je vous demander vos noms et la raison de votre visite ?

Pris au dépourvu par son ton absurdement guilleret, Rintarô parvint néanmoins à ouvrir la bouche.

— Nous avons vu des montagnes de livres empilés à l'extérieur du bâtiment. De quoi s'agit-il ?

Sans se départir de son sourire, leur hôtesse pencha la tête suivant un angle de trente degrés environ. Convaincu, sans trop savoir pourquoi, qu'il ne s'agissait là que d'une politesse de façade, Rintarô n'eut pas le temps de se laisser impressionner.

— À l'extérieur du bâtiment, répéta-t-il. Tous ces livres entassés n'importe comment…

— Ainsi, vous vous êtes aventurés dehors ? Voilà qui est très dangereux. Une chance que vous n'ayez pas été blessés.

Portant la main à sa poitrine, la femme fronça les sourcils et se composa un air de profonde inquiétude.

Une lassitude indescriptible s'empara peu à peu de Rintarô, qui poussa un soupir.

— Laisse tomber, junior, souffla le chat à son oreille. Ce n'est pas avec cette demoiselle que tu dois t'entretenir.

— D'accord, mais..., protesta le jeune homme, les épaules tombantes.

— Puis-je vous demander votre nom et la raison de votre visite ? réitéra la dame d'un ton toujours aussi monocorde.

Le jeune homme réfléchit un instant avant de lui répondre.

— Mon nom est Rintarô Natsuki. Quant à la raison de notre visite... je suppose que nous sommes là pour voir le président ? improvisa-t-il.

La femme s'inclina poliment et se dirigea vers le guichet de réception, où elle décrocha un téléphone et prononça quelques mots avant de revenir aussitôt.

— Merci de votre patience. Le président va vous recevoir.

— Tout de suite ?

— Bien entendu, puisque vous vous êtes donné le mal de venir jusqu'ici, répondit l'hôtesse avant de s'éloigner sans demander son reste.

Était-ce de bon ou de mauvais augure ? Impossible de le savoir. Pas plus que Rintarô ne pouvait deviner les intentions de son interlocutrice, ni si elle était capable de la moindre pensée originale ; néanmoins était-il soulagé de se voir délivré de cette conversation stérile.

— Leur président semble bien ouvert d'esprit, pour accepter de recevoir ainsi des inconnus.

— Ne sois pas naïf, voyons, murmura Sayo à son oreille. Les grands patrons sont généralement de gros types chauves avec un caractère de cochon. Si tu baisses la garde, tu auras vite fait de te prendre des coups.

Impuissant face aux préjugés à l'emporte-pièce de sa camarade, Rintarô se contenta d'emboîter le pas à leur hôtesse.

Ils s'engagèrent dans un couloir aux murs complètement nus. Le sol en granit noir était si soigneusement ciré que leurs silhouettes se reflétaient à sa surface comme dans un miroir. Au milieu de l'impeccable passage s'étirait un tapis écarlate, que leur hôtesse foulait d'un pas rapide.

Après quelque temps, la femme s'arrêta et fit volte-face sans crier gare.

— À partir d'ici, un guide va prendre le relais.

Au bout du tapis rouge se dressait un homme en costume noir, qui s'inclina avec une politesse excessive.

— Aucun sac ni autre bagage à main ne sont autorisés au-delà de cette limite, annonça-t-il d'une voix dénuée d'intonation.

Précision inutile, puisque le petit groupe arrivait les mains vides. Ayant débité son texte, l'homme tourna les talons et se mit en marche, le dos raide, sans avoir procédé à la moindre vérification. Rintarô et Sayo échangèrent un regard avant de le suivre.

Quelques mètres plus loin, c'est un homme en costume bleu qui les attendait, cette fois.

Certes la couleur de la tenue changeait, néanmoins son comportement était identique à celui de son collègue en noir tandis qu'il s'inclinait excessivement.

— Aucun pouvoir ni titre ne sont pris en compte au-delà de cette limite, déclara-t-il sans sourciller.

Comme l'avait fait l'homme en noir, il tourna aussitôt les talons pour se mettre en marche.

— C'est une plaisanterie ? s'étonna Rintarô.

— Si seulement…

La réponse du Tigre n'avait pas de quoi rassurer.

Après l'individu en bleu, c'est un homologue en costume jaune qui prit le relais.

— Aucune méchanceté ni agressivité ne seront tolérées au-delà de cette limite, annonça-t-il.

Rintarô ne prit même plus la peine de réagir avant d'emboîter le pas à ce nouveau guide.

Bientôt, le couloir déboucha sur une grande salle.

Rintarô et Sayo laissèrent s'échapper un petit cri de surprise.

Ils se trouvaient dans un vaste espace cylindrique au plafond si haut qu'il en était invisible. Çà et là se dressaient des escaliers, comme érigés au hasard, qui se croisaient en hauteur dans un réseau complexe rappelant une toile d'araignée.

On se serait cru dans les entrailles d'un vaisseau spatial.

— Merci de votre patience, dit l'homme en jaune, le regard tourné vers l'avant.

Un tapis rouge s'étirait au centre de la pièce, au bout duquel se dressait un immense ascenseur. À côté se tenait un homme en costume rouge, qui s'inclina cérémonieusement à l'approche des visiteurs. Au même instant, la porte de l'ascenseur s'ouvrit pour révéler une cabine carrée en verre.

— Le président vous attend. Prenez place, je vous prie.

Alors que le petit groupe suivait ses instructions monocordes, l'homme s'interposa devant le Tigre et inclina poliment la tête.

— Je regrette, mais les chiens et les chats ne sont pas autorisés au-delà de cette limite, déclara-t-il d'une voix mécanique et froide, à l'étonnement des deux adolescents.

Le félin, lui, ne paniqua pas. Loin de protester, il posa sur Rintarô un regard perçant.

— Je te l'avais bien dit : ton prochain adversaire est imprévisible.

Sans lui laisser le temps de répliquer, il se tourna ensuite vers Sayo.

— Heureusement que vous êtes là. Si notre junior était venu seul, je n'aurais pas donné cher de sa peau.

— Peut-être est-ce pour cela que je suis venue…, répondit la jeune fille avec un sourire forcé.

Un éclair de gaieté passa dans les yeux verts du félin.

— Veuillez appuyer sur le bouton de l'étage le plus haut, lança l'homme en rouge d'une voix de stentor, comme pour mettre un terme à leur échange.

« Le bouton de l'étage le plus haut », leur avait-il indiqué… Pourtant le panneau n'en comportait qu'un – un gros pressoir solitaire, sous lequel était inscrite la mention : *Étage le plus haut.*

Autrement dit…

— Il n'y a pas de bouton de retour ?

— J'imagine qu'une fois votre mission accomplie, vous pourrez rentrer par vos propres moyens, suggéra le Tigre, resté sur le palier.

Rintarô poussa un léger soupir avant de se tourner vers lui.

— À bientôt, camarade, murmura-t-il après un instant de silence.

— Je compte sur toi, junior.

Encouragé par la voix inébranlable du félin, Rintarô pressa le bouton. Aussitôt, la porte se referma et l'ascenseur se mit en branle avec une légère vibration.

*

Les silhouettes de l'homme en rouge et du chat tigré rapetissèrent tandis que la cabine s'élevait prestement pour rejoindre un conduit aérien. Gagnant en vitesse, elle traversa une structure spatiale entrecoupée d'innombrables lignes géométriques.

Aussi loin que portait le regard, il n'y avait pas la moindre figure humaine dans les escaliers qui se déployaient aussi bien à l'horizontale qu'à la verticale pour former ce qui ressemblait à un immense casse-tête en trompe-l'œil.

— Heureusement qu'il y a l'ascenseur. Il aurait été beaucoup trop pénible de monter à pied, commenta Rintarô.

Consciente qu'il faisait de son mieux pour détendre l'atmosphère, Sayo esquissa un sourire.

— Il laisse un sacré vide, n'est-ce pas ?

— Il est insupportablement prétentieux et possède une langue de vipère, mais ce matou a le mérite d'être divertissant. Même un arbre mort égaie une montagne, pour reprendre le dicton.

— Tu vas vexer les arbres morts !

Les deux jeunes gens échangèrent un petit sourire.

Hors de l'ascenseur, il faisait de plus en plus sombre – comme si le soleil était en train de se coucher, même à l'intérieur du bâtiment. À mesure que les ténèbres s'épaississaient et que leur champ de vision s'obstruait, il devenait difficile de savoir avec certitude si la cabine continuait de monter ou si elle s'était tout simplement arrêtée.

— Au début, je me disais que cela n'avait pas d'importance si on ne pouvait pas rentrer, commenta Rintarô, presque inconsciemment.

Sayo contempla son profil en silence.

— La première fois que cet étrange félin est venu me chercher, je me suis dit que si c'était un rêve, je ne serais pas malheureux de ne jamais me réveiller, et que dans le cas inverse, je me fichais pas mal de ne pas revenir.

Il ajusta ses lunettes d'une main légère.

— Mais depuis son apparition, j'ai beaucoup réfléchi. Et je crois que mon point de vue a un peu changé.

— Tant mieux s'il t'a permis d'insuffler un peu de positivité dans ton caractère indifférent.

La remarque sans détour de Sayo arracha un sourire au jeune homme.

— Même si je n'ai aucun mal à admettre ma nature récalcitrante, je m'en voudrais vraiment de mettre la déléguée de classe en danger.

— Parfois, en t'écoutant, j'ai l'impression que tu essaies de séduire quelque demoiselle. Faut-il encore y voir l'influence des livres ?

— Laisse-moi reformuler : j'essayais seulement de m'excuser pour t'avoir entraînée dans ces histoires bizarres.

— C'est ce qu'on appelle une attention non sollicitée. Après tout, je m'amuse beaucoup. D'autant que c'est assez exaltant de découvrir une facette insoupçonnée de ta personnalité.

— Que veux-tu dire ?

— Rien, oublie, s'empressa-t-elle de répondre, avant de partir d'un rire franc.

Dans un recoin de son esprit, Sayo revit la silhouette de son camarade tandis qu'il faisait face au chercheur en blouse blanche dans cet étrange laboratoire souterrain. La scène avait fait forte impression sur elle, même si lui n'en avait pas conscience, bien entendu.

Alors qu'il s'apprêtait à lui demander ce qu'il y avait de si drôle, l'ascenseur ralentit soudain avant de s'arrêter tout à fait.

Les portes s'ouvrirent sans un bruit sur les ténèbres. Si l'obscurité les empêchait d'évaluer les dimensions des lieux, un tapis rouge s'étirait en plein centre, comme pour leur indiquer le chemin à suivre. Au bout se dressait une immense et lourde porte en bois, gravée de motifs géométriques.

Une porte qui semblait particulièrement intimidante.

— Je compte sur toi, Natsuki.

— Tu auras beau dire…, protesta Rintarô, démoralisé.

— Ça va aller, lui assura Sayo d'une voix calme. Tu es plus courageux que tu ne le penses. Lorsqu'il s'agit des livres, en particulier, tu n'as rien ni personne à craindre. Même Akiba te respecte dans ce domaine, tu sais.

— Qu'est-ce qu'Akiba vient faire dans l'histoire ?

— Il n'arrête pas de chanter tes louanges au lycée. Je n'aime pas trop son côté frivole, mais ce n'est pas un menteur.

Les propos de Sayo étaient aussi vivifiants qu'un ciel d'hiver parfaitement dégagé.

Rintarô sentit une vague de chaleur lui emplir le fond de l'estomac. Ce n'était pas tout à fait du courage, mais, assurément, une sensation à même de faire naître la bravoure.

De sa main blanche, Sayo lui donna une petite tape dans le dos.

— Je compte sur toi pour me ramener, Natsuki.

Sous ses encouragements, Rintarô foula le tapis moelleux.

Il aurait menti en prétendant ne pas se sentir encore un peu démuni.

Cependant…, songea-t-il en regardant droit devant lui.

Le moment était venu d'aller de l'avant, sans hésiter, il en avait la sereine conviction.

Il poussa un profond soupir, puis se mit en marche.

*

« Tu aimes vraiment les livres, pas vrai ? »

La voix franche de Ryôta Akiba résonnait à l'oreille de Rintarô.

Le souvenir remontait à peu de temps après leur première rencontre, alors qu'il venait d'intégrer le lycée.

Rintarô prenait soin de garder ses distances avec ce brillant élève, d'un an son aîné, qui passait régulièrement à la librairie.

Après tout, c'était l'as du club de basket ; en tête de sa promo, il était même impliqué dans les activités du conseil des élèves et possédait un esprit d'une vivacité hors pair. Aux yeux de Rintarô, qui menait une existence étriquée, cloîtré dans la boutique de son grand-père, il appartenait à un autre monde.

Une fois, seulement, il s'était hasardé à lui demander pourquoi il se donnait le mal de venir jusqu'à la librairie Natsuki.

« Parce que vous vendez de bons livres, bien sûr, avait répondu Akiba, visiblement interloqué par la question. Si tu n'es même pas capable de reconnaître la grandeur de cette boutique alors que tu y habites, je plains ton grand-père ! »

Le jeune homme s'était alors lancé dans une tirade enflammée sur les qualités de la librairie Natsuki.

Des chefs-d'œuvre du monde entier ornaient les rayons des étagères. Tous étaient des textes d'exception qui avaient survécu au passage du temps, mais disparaissaient peu à peu des librairies ordinaires et devenaient de plus en plus difficiles à se procurer.

— Alors qu'ici, on trouve presque tout, avait-il ajouté en tapotant légèrement le rayon devant lequel il se trouvait. On ne peut pas en vouloir aux autres de ne pas proposer Andersen ou Johnson, mais ces derniers temps, même les œuvres de Kafka ou de Camus sont en rupture, et peu de librairies sont bien approvisionnées en Shakespeare.

Lorsque Rintarô lui avait demandé pourquoi, la réponse avait fusé, simple :

« Parce que ça ne se vend pas. »

Une explication si courte qu'elle en était décevante.

« Les libraires ne sont pas des bénévoles. S'ils ne font pas du chiffre, c'est la faillite. Voilà pourquoi les livres qui ne se vendent pas disparaissent. Cette boutique propose une sélection remarquable pour notre époque, riche en titres que les concurrents ne sauraient vendre. Peut-être est-ce parce qu'elle se spécialise dans l'occasion ; toujours est-il qu'en venant ici, on est sûr de trouver tous les classiques, à l'exception peut-être des plus rares. »

Il continuait de tapoter le cadre en bois de l'étagère tout en parlant.

« De plus, avait-il ajouté en se retournant vers Rintarô avec un sourire suggestif, la boutique abrite un guide qui connaît par cœur son immense collection de textes ardus.

— Un guide ?

— Est-ce que vous avez l'*Adolphe* de Constant ? J'ai lu récemment sur Internet que c'était un roman intéressant. Mais je n'ai pu le trouver nulle part. »

Acquiesçant d'un signe de tête, Rintarô sortit un petit volume d'une étagère située vers le fond du magasin.

« Une œuvre de Benjamin Constant, célèbre pour son portrait psychologique assez unique. Il l'a écrite en France, dans les premières années du XIXe siècle, il me semble… »

Au lieu de prendre tout de suite l'ouvrage tendu, Akiba avait posé un regard curieux sur le livre et sur Rintarô tour à tour. Avant de partir d'un grand rire sonore, comme incapable de se retenir.

« Toi alors, tu aimes vraiment les livres, pas vrai ? »

C'était un rire joyeux, comme on n'en entendait pas souvent dans la librairie Natsuki.

*

— Bienvenue dans la Plus Grande Librairie du Monde, lança une voix triomphante tandis que s'ouvrait l'immense porte.

L'espace qui se révéla à eux était aussi vaste qu'une salle de classe. Au plafond un énorme lustre, un sol recouvert d'une épaisse moquette qui étouffait les pas, des murs tendus de rideaux d'un rouge profond.

Tout au fond de cette luxueuse pièce empestant le faste inutile se dressait un grand bureau lustré. Derrière se tenait un gentleman d'une soixantaine d'années, à la silhouette mince et à l'impressionnante chevelure blanche.

Confortablement installé dans un fauteuil noir, vêtu d'un costume trois pièces parfaitement ajusté, les mains jointes sur la table, il posait sur les nouveaux arrivants un regard paisible.

— Ce n'est pas tout à fait l'image que je m'en faisais, souffla Sayo à mi-voix. C'est bizarre de voir un patron qui ne soit ni gros ni chauve. Ce ne serait pas plutôt un cadre un peu trop zélé qui se ferait passer pour le président ?

Les préjugés de la jeune fille arrachèrent un rire à Rintarô, presque ébloui par cette absence de gêne qui lui était complètement étrangère.

L'homme leur fit signe d'approcher.

— Entrez, je vous en prie. Je suis le président de cette entreprise.

De sa main droite, il leur indiqua un canapé. En dépit de son invitation, les deux jeunes gens étaient trop mal à l'aise pour prendre place sur le luxueux meuble tapissé de fourrure. Leur hôte ne parut pas s'en formaliser.

— Je vous suis reconnaissant d'avoir pris la peine de me rendre visite. Le trajet n'a pas dû être facile. L'entrée est bien lointaine, et la sécurité stricte.

— Un ami très cher s'est vu interdire l'accès à votre bureau.

— Ah, oui, répondit le président en clignant des yeux sous ses sourcils immaculés. Je regrette, mais je ne supporte pas les chats.

— Vous êtes allergique ?

— Absolument pas. Je les déteste. *A fortiori* s'ils sont intelligents.

De sa bouche au sourire serein s'échappaient les paroles les plus acérées.

Qu'il ait ou non remarqué le mouvement de crispation involontaire de Rintarô, le président ne laissa rien paraître.

— J'espère que la librairie Natsuki voudra bien me pardonner cet impair.

— Vous connaissez notre librairie ?

— Bien entendu.

Le président frotta son étroit menton.

— Ce doit être une librairie d'occasions vieillotte et prétentieuse, où s'entassent des antiquités invendables de nos jours. Comme j'envie votre situation, dénuée d'obligation, de responsabilité ou de toute forme de pression !

Il esquissa un sourire.

Ce discours, bien qu'inattendu, équivalait à une déclaration de guerre.

Sayo eut un mouvement de recul devant cette attaque, mais Rintarô, lui, ne se laissa pas intimider.

Il était parfaitement conscient que le sourire de l'homme masquait un air étrange et inquiétant. Dès l'instant où son camarade à quatre pattes s'était vu refuser l'accès à l'ascenseur, Rintarô avait compris qu'ils avaient affaire à un scélérat.

Face à la détermination de l'adolescent, le président se radoucit avant de poursuivre :

— J'étais profondément curieux de recevoir le responsable d'une librairie aussi excentrique. Je me demandais quelles inepties vous alliez me débiter…

— Vous devriez mieux réfléchir à l'aménagement de votre intérieur, remarqua soudain Rintarô.

— Plaît-il ? bredouilla l'homme, pantois.

— Entre ce lustre clinquant et cette moquette ridiculement épaisse, vous ne faites qu'étaler votre mauvais goût. Si ce n'est pas une plaisanterie, je vous conseille de redécorer d'urgence.

Le président haussa légèrement les sourcils sans se départir de son sourire.

Mais Rintarô ne s'arrêta pas en si bon chemin.

— Pardonnez mon impudence. Mais, comme le disait toujours mon grand-père, lorsqu'une personne commet un impair, il convient de la corriger tout de suite, même au risque de la vexer. Votre bureau est tellement affreux que je ne pouvais pas me contenter de le regarder sans rien dire.

— Dis donc, Natsuki..., intervint Sayo, paniquée, mettant enfin un terme à son monologue.

Rintarô n'était pas du genre à chercher querelle, lui-même le savait.

Il n'était pas dans sa nature de se montrer agressif, et il avait conscience de sa préférence à construire un raisonnement et mener un discours, aussi fade et déstructuré fût-il. Mais même en sachant tout cela, cette fois il ne pouvait s'empêcher de contre-attaquer. La raison en était claire : ce n'était pas de lui qu'on se moquait, mais de la librairie Natsuki.

Le président demeura un moment immobile, avant de lâcher un petit soupir.

— Il semblerait que j'aie mal évalué la situation. Je ne me doutais pas que la librairie Natsuki comptait dans ses rangs un jeune homme aussi combatif.

— Je ne sais pas si j'emploierais ce terme. Simplement, j'aime les livres.

— Je vois.

Le président opina du chef, magnanime. Après un instant de réflexion, il secoua la tête.

— Tu aimes les livres ? Voilà qui est ennuyeux, marmonna-t-il comme pour lui-même avant d'étirer le bras pour presser un bouton à la surface de son bureau.

Avec un bruit sourd et mécanique, les lourds rideaux écarlates qui obstruaient les murs s'écartèrent lentement pour laisser entrer la lumière.

Tout d'abord ébloui, Rintarô mit du temps à saisir la situation.

Le bâtiment vitré dans lequel ils se trouvaient était entouré de gratte-ciel similaires, dont les fenêtres semblaient cracher de gros flocons blancs pareils à de la neige.

Alors que leur regard s'acclimatait à la lumière, Sayo laissa s'échapper un cri d'effroi. Rintarô comprit au même instant ce à quoi ils assistaient et retint son souffle.

Cette neige qui dégringolait des fenêtres, ces énormes flocons qui voletaient dans les airs puis retombaient massivement au sol… c'étaient des livres.

Portés par le vent, les innombrables volumes planaient d'un côté à l'autre avant d'entamer leur descente. Certains des immeubles paraissaient enveloppés par le blizzard. Si chaque flocon représentait un livre, leur nombre devait être tout simplement inimaginable.

Et il n'y avait pas que les airs : en contrebas se déployait un spectacle tout aussi incroyable. Aussi loin que portait le regard, des milliers, des dizaines de milliers d'ouvrages s'entassaient pour former un désert de papier.

Devant les yeux sidérés de Rintarô et de Sayo, les livres continuaient de tomber, certains si proches qu'il leur aurait suffi de tendre la main pour les attraper.

Ce qui signifiait qu'on en jetait depuis le bâtiment dans lequel ils se trouvaient, aussi.

— Savez-vous de quoi il s'agit? demanda le président avec un sourire serein.

— Je ne comprends pas. Mais c'est un spectacle épouvantable.

— Celui du monde moderne.

Rintarô ne trouva rien à répondre.

— Ce bâtiment abrite la plus grande maison d'édition du monde, laquelle publie chaque jour une nuée de nouveaux titres.

— On dirait pourtant que vous ne faites que cracher des rames de papier sans autre but que d'augmenter la production de déchets.

— Parce que c'est la réalité, répliqua le président du tac au tac. Nous sommes une grande maison d'édition. Chaque jour, nous fabriquons des montagnes d'ouvrages, que nous vendons à la société. Avec l'argent ainsi récolté, nous fabriquons encore plus de livres, que nous vendons à leur tour. Plus et plus et plus nous en vendons, plus nous accumulons d'argent.

Ornées de bagues étincelantes, les mains du président dansaient dans les airs comme pour imiter le ballet des livres de l'autre côté de la vitre.

Rintarô faisait de son mieux pour saisir la situation, mais ce n'était pas tâche aisée.

Il se remémora soudain les innombrables piles de livres aperçues en chemin alors qu'ils rejoignaient ce bâtiment. Ce paysage étrange, le spectacle de ces livres qui tombaient par milliers devant leurs yeux, la voix calme de cet homme bousculaient ses pensées pour l'entraîner dans un marais de confusion et de perplexité. Même la réaction de la réceptionniste, lorsqu'elle avait appris qu'ils avaient marché jusqu'au bâtiment, prenait à présent un accent tristement ironique.

— Si c'est une plaisanterie, elle n'est pas drôle. Les livres sont faits pour être lus, pas jetés.

— Quelle naïveté !

Sans ménagement, le président s'empara d'un exemplaire posé sur son bureau.

— Le livre est un bien de consommation. Mon travail consiste à faire en sorte que ce bien soit consommé par le plus grand nombre à travers le monde. C'est un travail que je ne pourrais accomplir si je disais simplement aimer les livres. Quoi qu'il en soit…

Pivotant soudain dans son fauteuil noir, il ouvrit la fenêtre la plus proche pour y jeter le volume qu'il tenait à la main. Le livre dansa un instant avant de s'ouvrir dans les airs, comme saisi d'un souvenir, puis disparut de leur champ de vision.

— C'est là notre travail.

Alors, Rintarô comprit.

Il saisit ce que voulait dire le Tigre lorsqu'il l'avait prévenu que ce dernier adversaire serait « un peu différent des précédents ».

Aussi étrange qu'ait pu paraître leur comportement, dans le fond, les deux hommes affrontés dans les autres dédales aimaient les livres. Ils les chérissaient, même. L'individu qui se dressait à présent devant lui, en revanche, ne semblait pas leur porter le moindre attachement. Pire encore : il les traitait ouvertement comme de simples déchets.

Voilà ce à quoi faisait allusion le Tigre en le décrivant comme « imprévisible ».

— Ça va, Natsuki ? murmura soudain Sayo.

Elle posait sur lui un regard soucieux.

Alors que Rintarô lui répondait d'un signe de tête affirmatif, le président pivota de nouveau dans son fauteuil pour leur faire face.

— Si je suis venu ici, c'est pour tenir la promesse faite à un ami : celle de sauver les livres.

— Les sauver ?

— Précisément. Pour ce faire, je dois mettre un terme à vos actions.

— Quelle déclaration ridicule ! Comme je viens de vous le dire, ceci est mon travail. Que vous sauviez ou non les livres, ce n'est pas le sujet.

— Mais vous les traitez comme de simples amas de papier. Si les gens qui fabriquent les livres se conduisent ainsi, les lecteurs ne pourront plus rien en retirer. D'ailleurs, les lecteurs sont déjà de moins en moins nombreux. Si tous vos homologues adoptaient votre attitude, ne pensez-vous pas que les gens se détourneraient définitivement de la lecture ?

Le président ne bougea pas d'un pouce face aux invectives de Rintarô.

Sous ses sourcils immaculés, ses yeux étaient si dénués de la moindre émotion qu'il était impossible de lire ses pensées. Un sourire paisible se dessina sur ses lèvres, lui donnant un air plus énigmatique encore.

Après un moment de silence, les épaules étroites de l'homme se mirent soudain à frémir. Ce qui commença comme une oscillation discrète se transforma en un tremblement massif, jusqu'à l'explosion.

— Ha ha ha ha ha !

Le rire du président retentit, sec, assourdissant, et ébranla la pièce.

Devant les yeux stupéfaits de ses visiteurs, il porta la main gauche à sa tête comme pour contenir son hilarité tandis que son poing droit martelait le bureau, puis reprit la parole.

— Ce que tu peux être stupide ! s'exclama-t-il avec froideur. Enfin, tu n'es pas le seul. Le monde est rempli d'imbéciles qui partagent ces idées fausses.

— Pardon… ?

— Tu m'as entendu. Première idée fausse : que les livres ne se vendent pas.

Le président partit d'un nouvel éclat de rire avant de poursuivre :

— L'idée que les livres ne se vendent plus de nos jours n'est qu'un mythe. Les livres se vendent très bien ! Pour tout vous dire, la Plus Grande Librairie du Monde se porte à merveille par les temps qui courent.

— Feriez-vous de l'ironie ?

— Détrompe-toi ! C'est la vérité. Vendre des livres ? Il n'y a rien de plus simple, du moment que l'on obéit à une règle fondamentale…

Le président posa un regard amusé sur le jeune homme abasourdi avant de lui souffler, comme s'il dévoilait un tour de magie :

— « Vendre des livres qui se vendent. »

Quelle formule curieuse.

Elle n'en prenait pas moins une résonance étrange.

— Eh oui, poursuivit-il avec un sourire. Si nous publions des livres, ce n'est pas dans un but de transmission. Nous publions les livres que réclame la société. Peu importe le message à faire passer ou la philosophie à transmettre aux générations futures, les vérités cruelles ou complexes à révéler. Ce n'est pas ce qu'attend la société. Ce qu'ont besoin de savoir les maisons d'édition, ce n'est pas « ce qu'il faut transmettre au monde », mais « ce que le monde veut qu'on lui transmette ».

— Mais… c'est dangereux, comme raisonnement.

— Peut-être es-tu assez brillant pour t'en rendre compte.

Hilare, le président s'alluma une cigarette.

— C'est néanmoins la vérité. À vrai dire, c'est cette logique qui permet à notre entreprise de faire d'importants profits.

De l'autre côté de la fumée bleue, les livres continuaient de pleuvoir sans un bruit.

— Tu dois le savoir si tu as grandi au sein de la librairie Natsuki. Dans le monde actuel, les gens sont trop occupés pour dépenser du temps ou de l'argent dans d'épais chefs-d'œuvre de la littérature. Mais la lecture conserve encore un attrait important aux yeux de la société, aussi chacun s'efforce-t-il d'orner son maigre curriculum vitae d'une liste d'opuscules complexes. C'est en pensant à ce que recherchent ces gens-là que nous fabriquons nos livres.

« Autrement dit, ajouta-t-il en tendant le cou, synopsis et fiches de lecture se vendent comme des petits pains.

Il s'esclaffa de plus belle.

— Pour les lecteurs cherchant juste le frisson, il n'y a pas mieux que des descriptions explicites de scènes violentes ou érotiques. Pour les personnes dépourvues d'imagination, il suffira d'ajouter la mention « histoire vraie » pour augmenter les ventes et faire grimper le chiffre d'affaires.

Rintarô commençait à se sentir mal.

— Pour les plus réfractaires aux livres, une simple liste à points fera parfaitement l'affaire, par exemple « les cinq conditions à remplir pour réussir », ou « les huit principes à respecter pour avancer dans la vie ». Ils dévoreront ces ouvrages sans même se rendre compte qu'ils sont trop occupés à les lire pour réussir. Mais notre but principal, celui de vendre des livres, aura été atteint.

— Arrêtez !

— Certainement pas.

La voix du président ne trahissait pas la moindre émotion, et la température dans la pièce semblait avoir chuté de deux degrés.

En dépit du frisson qui le traversait, Rintarô avait le front perlé de sueur.

Le président pivota légèrement sur sa chaise pour lui jeter un regard en biais.

— Il y a une grande différence entre les livres auxquels tu accordes de la valeur et ceux que réclame le monde.

Une lueur de pitié brillait dans ses yeux.

— Réfléchis un peu. La librairie Natsuki reçoit-elle des clients ? Les gens lisent-ils encore Proust ou Romain Rolland ? Qui paierait une fortune pour ce genre de livres ? Tu dois bien savoir ce que la plupart des gens cherchent dans un livre : un objet pratique, peu cher et divertissant. Nous n'avons pas le choix, nous devons nous plier à leurs desiderata.

— Dans ce cas… (Rintarô cherchait désespérément les mots justes)… les livres ne vont cesser de s'amincir.

— « S'amincir » ? Drôle de façon de voir les choses. Mais ce n'est pas avec de jolies métaphores qu'on vend des livres.

— Mais tout ne peut pas se résumer aux ventes. En tout cas, mon grand-père, lui, croyait en ce qu'il faisait et il n'a pas changé d'avis jusqu'à son dernier souffle.

— Dans ce cas, as-tu l'intention de mourir en compagnie de ces chefs-d'œuvre invendables ? Dans la librairie Natsuki, par exemple ?

Les sourcils froncés, Rintarô fusilla l'homme du regard.

Hélas, il ne pouvait rien faire de plus.

— Plus personne ne s'intéresse à la vérité, la logique ou la philosophie. Tout le monde est fatigué de vivre et ne demande qu'à être diverti et apaisé. Pour subsister dans une telle société, le livre doit s'adapter. Disons-le sans détour : seules comptent les ventes. Peu importe le chef-d'œuvre, s'il ne se vend pas, il est condamné à disparaître.

Pris d'un léger vertige, Rintarô porta la main à son front avant d'effleurer ses lunettes, comme à son habitude. Cette fois, pourtant, aucune pensée cohérente ne lui vint à l'esprit, tellement les propos de son adversaire échappaient à son imagination.

Qu'il s'agisse de discuter de l'attrait et de la valeur des livres, et Rintarô devenait intarissable.

Mais la valeur des livres présentés par l'homme qui se tenait devant lui ? Voilà une chose qu'il ne pouvait imaginer. Depuis le début, cet individu voyait le monde d'une façon radicalement différente de lui.

— Ça va aller, Natsuki, lui souffla soudain Sayo.

Il se tourna vers sa gauche. Sans qu'il s'en aperçoive, elle s'était approchée pour lui agripper le bras.

— Tout va bien se passer.

— Ce n'est pas l'impression que j'ai, pourtant.

— Ça va aller, je te dis.

Immobile, la jeune fille dardait sur leur adversaire un regard assassin.

— Quelque chose cloche dans ce qu'il raconte. Ça ne fait pas un pli.

— Je suis bien de cet avis. Mais sa théorie est imparable.

— Ce n'est pas la question, affirma Sayo. Je n'y connais pas grand-chose en théorie ni en logique, mais ses propos sont contre-nature.

Rintarô contempla le profil de son amie.

Au même instant, la voix du Tigre retentit dans un coin de son esprit.

« Dans ce dédale, la puissance de la vérité est la plus forte. Mais tout n'est pas vrai. Il y a forcément un mensonge quelque part. »

Le jeune homme hocha la tête en signe d'assentiment.

Il s'était laissé embobiner par la radicalité des propos de leur hôte. Passé le premier choc, ses paroles lui laissaient une sensation de malaise.

Rintarô ajusta une nouvelle fois ses lunettes.

— Tu auras beau réfléchir, ça ne servira à rien, Rintarô Natsuki, proclama le président d'une voix triomphante.

Une volute de fumée s'éleva.

— Tu es encore jeune. Sans doute n'es-tu pas prêt à accepter la vérité. Mais moi, je connais parfaitement la marche du monde. Ce n'est pas la profondeur de tes sentiments qui déterminera la valeur des livres. C'est le nombre d'exemplaires tirés. Autrement dit, à l'heure actuelle, l'argent est le seul arbitre de la valeur des choses. Les idéalistes qui oublient cette règle n'ont d'autre possibilité que de se retirer de la société, aussi triste que cela puisse paraître.

Sa voix prenait une épaisseur unique, comme s'il expliquait patiemment un concept.

Il semblait résolu à démonter méthodiquement le discours de Rintarô. Mais la main de Sayo continuait d'agripper fermement le bras de son ami, comme pour soutenir ses pensées évanescentes.

Le président éclata d'un rire silencieux.

Rintarô s'efforça de réfléchir.

Lorsque, après mûre réflexion, il songea enfin à faire un pas en avant, le rire du président et l'odeur déplaisante du tabac l'enveloppèrent d'un profond brouillard. Rintarô continua pourtant d'avancer, fendant la brume. Il n'avait pas l'intention de s'arrêter.

— Certes, la librairie Natsuki est un peu différente des autres enseignes d'occasions.

Rintarô toisa cet impressionnant interlocuteur installé derrière son immense bureau.

— Nous avons peu de clients, et nous ne vendons pas beaucoup de livres. Mais c'est un endroit très spécial.

— Il existe un mot, peut-être le connais-tu : « désappointement », répliqua le président en secouant la tête. Il décrit parfaitement ce que je ressens en cet instant. Je n'ai que faire de tes sentiments personnels.

— Il ne s'agit pas que de mes sentiments. Toutes les personnes fréquentant ce lieu ressentent la même chose. Cette petite boutique d'occasions abrite les émotions de mon grand-père, et quiconque en franchit le seuil peut les ressentir. C'est ce qui rend le lieu si spécial.

— Tout cela reste bien vague et conceptuel. Ce n'est pas avec ça que tu pourras convaincre qui que ce soit. Aurais-tu l'obligeance de m'expliquer plus en détail en quoi consistent, exactement, les pensées si uniques de ton grand-père ?

— Je n'ai pas besoin de vous les expliquer. Parce que ce sont les mêmes que les vôtres, murmura Rintarô.

À ces mots, le président se figea.

La fumée émanant de sa cigarette se dissipa peu à peu, avant de disparaître totalement.

— Je ne comprends pas bien ce que tu essaies de me dire, répondit-il en plissant les yeux.

— Mensonge.

Les sourcils blancs de l'homme tressaillirent.

— Tout à l'heure, vous présentiez le livre comme un bien de consommation, lui rappela Rintarô. Vous prétendiez ne pas pouvoir faire correctement votre travail si vous disiez aimer les livres.

— Tout juste.

— Mensonge ! tonna l'adolescent.

La cendre de la cigarette tomba dans le cendrier.

— Ne le disiez-vous pas vous-même tout à l'heure ? Le livre est obligé de s'adapter s'il veut subsister. En d'autres termes, vous-même tenez à ce qu'il subsiste. Si vous le voyiez comme un simple produit de consommation, vous ne tiendriez pas un tel discours.

— L'argument est subtil.

— C'est ce qui en fait toute l'importance. Si vous considériez le livre comme un vulgaire amas de papier, vous pourriez tout aussi bien changer de travail. Pourtant, vous mobilisez tous vos efforts afin de donner au livre une forme lui permettant de survivre. Vous aimez les livres.

Voilà pourquoi vous restez désespérément dans ce fauteuil. Exactement comme mon grand-père dans sa librairie.

À peine Rintarô eut-il terminé sa phrase qu'un silence pesant s'installa.

Dehors, les livres continuaient de déferler sans un bruit. Mais, visiblement, le nombre de volumes jetés diminuait.

Après avoir soutenu un moment le regard de Rintarô, le président fit lentement pivoter son siège pour contempler le triste spectacle se déroulant devant ses fenêtres.

— Peu importe, finit-il par dire. N'essaie pas de détourner la conversation. Quelles que soient mes opinions, je dois affronter la réalité. Les livres vont continuer de s'amincir, comme tu dis. Les gens vont continuer de se ruer dessus. Et les livres, de tenter de répondre à leurs attentes. Plus personne ne peut interrompre ce cycle. Aussi spécial que soit cet endroit à tes yeux, la baisse de fréquentation de la librairie Natsuki n'en est-elle pas la meilleure preuve ?

— Ne dites pas n'importe quoi ! lança une voix fraîche comme une bourrasque.

Rintarô et le président se tournèrent simultanément vers la personne qui venait de parler. Postée aux côtés de son ami, Sayo poursuivit avec son énergie habituelle :

— Je ne peux pas vous laisser prétendre que la clientèle de la librairie diminue. La boutique compte parmi ses visiteurs réguliers Akiba, un jeune homme intelligent en dépit de son caractère douteux, et moi-même j'ai commencé à la fréquenter assidûment.

Il n'y avait pas de quoi se vanter. Malgré tout, elle s'exprimait d'un ton pur, sans la moindre hésitation.

— Cependant, rétorqua le président sans bouger, une telle fréquentation ne saurait suffire à dégager un profit. Sans les ventes, cela n'a pas de sens. C'est une librairie, pas une œuvre de charité.

— Dans ce cas, à combien le profit doit-il s'élever pour que vous soyez satisfait ? s'enquit Rintarô.

— Combien ? répéta le président, interloqué.

— Comme le disait toujours Grand-père, quand on commence à parler d'argent, il n'y a plus de limite. Si on dispose de cent mille yens, on en voudra le double. Pareil avec un million. Alors oublions l'argent et parlons plutôt des livres lus actuellement. Moi non plus, je ne pense pas qu'il soit viable, pour une librairie, de ne pas faire de profit. Mais je sais avec certitude que le profit n'est pas le seul élément important.

Un à un, le jeune homme récoltait les mots flottant dans son esprit pour les réciter. Il ne cherchait pas à convaincre, n'employait pas un ton professoral. Il se contentait d'exprimer ses pensées.

— Puisque vous fabriquez des livres, même si les choses ne vont pas dans votre sens, vous ne pouvez prétendre qu'il s'agit d'un bien de consommation. Vous devez le dire à voix haute : « J'aime les livres. » Est-ce que je me trompe ?

Le président soutint son regard sans faiblir.

Les mains jointes sur son bureau, il plissa les paupières, comme ébloui par ce qu'il contemplait.

— Si je le disais, cela changerait-il quoi que ce soit ?

— Bien sûr, répliqua Rintarô du tac au tac. Une fois que vous l'aurez dit, vous ne pourrez plus fabriquer de livres que vous n'aimez pas.

Le président écarquilla légèrement les yeux. Avant d'étirer imperceptiblement les coins de ses lèvres.

Il fallut un instant à Rintarô pour comprendre qu'il se forçait à sourire.

Dehors, les livres avaient cessé de tomber. Le temps semblait figé, le silence enveloppait tout.

— Un tel mode de vie sera très éprouvant, répondit enfin le président en plongeant ses yeux dans ceux de Rintarô.

Le jeune homme lui rendit son regard.

— Pour ma part, je trouve plus éprouvant de rester assis là à traiter les livres comme un bien de consommation.

— Je vois…

À cet instant, la porte de la salle s'ouvrit pour laisser apparaître la réceptionniste.

— C'est l'heure, dit-elle.

Le président la congédia d'un simple geste.

Puis, toujours muet, immobile, il leva lentement la main droite pour désigner la lourde porte par laquelle elle venait de sortir. Les battants s'écartèrent une nouvelle fois sans un bruit, laissant apparaître le tapis rouge menant à l'ascenseur.

Il ne prononça pas un mot.

Rintarô et Sayo échangèrent un regard. Alors qu'ils s'apprêtaient à quitter le bureau, le président interpella le jeune homme :

— Je te souhaite bien du succès.

Rintarô fit volte-face pour toiser l'homme derrière son bureau.

Les deux yeux qui luisaient sous ses sourcils immaculés le dévisagèrent, toujours aussi indéchiffrables.

— À vous aussi, répondit finalement l'adolescent.

L'homme, qui ne s'attendait visiblement pas à une telle réaction, écarquilla légèrement les yeux avant de se dérider enfin.

Un sourire d'une gentillesse inattendue passa sur ses lèvres.

*

— Beau travail, proclama une voix familière dans le couloir aux bibliothèques enveloppé d'une lumière blafarde.

Marchant en tête, le Tigre jeta un regard par-dessus son épaule aux deux lycéens.

— Il semble que vous vous soyez bien débrouillés.

— Je n'en suis pas si sûr, mais au moins le président nous a-t-il congédiés avec le sourire.

— Parfait, acquiesça le félin en avançant à pas de velours.

Une lueur diffuse, des murs ornés de bibliothèques remplies de livres, des lampes à intervalles réguliers. Un décor étrange, qui leur était à présent coutumier. Le petit groupe prenait le chemin du retour, guidé par le chat.

Après ces brefs remerciements, le Tigre poursuivit sa route en silence. Un silence qui en disait bien plus que tous les discours.

— C'était le dernier, disais-tu ? bredouilla Rintarô avec gêne.

— En effet, répondit le chat en s'immobilisant.

Ils se trouvaient déjà dans la librairie Natsuki, comme si le long trajet n'avait été qu'une illusion.

Les ayant menés au cœur de la boutique, le Tigre effectua un demi-tour gracieux, frôla les jambes de Rintarô et de Sayo, puis regagna le corridor.

Il ne leur adressa pas même un salut.

— Tu t'en vas ? demanda Rintarô.

— Je le dois, répondit le félin avant de s'incliner profondément. Grâce à toi, beaucoup de livres ont été délivrés. Sois-en remercié.

Un chat figé, tête baissée, sous une lumière ténue.

Rintarô ne sut que répondre tandis que l'animal, en dépit de son allure fantastique, lui exprimait sa reconnaissance avec tant de sincérité.

— Tu as conquis les trois dédales par ta seule force. Voilà qui met un terme à ma mission.

— Alors… on ne se reverra plus ? intervint précipitamment Sayo.

— En effet. Nous n'aurons plus besoin de nous revoir.

— Mais…, protesta la jeune fille en tournant un regard confus vers son camarade.

Rintarô, qui restait planté là en silence, poussa finalement un grand soupir.

— Si c'est vraiment un adieu, il y a une chose que j'aimerais te dire.

— Tu peux me dire tout ce que tu veux. Reproches, menaces... Ne te gêne pas.

— Ce n'est rien d'important. Simplement... Merci. C'est tout, dit Rintarô en inclinant le chef à son tour.

Sayo et le Tigre ne cachèrent pas leur surprise.

— Faut-il y voir un sarcasme déguisé ?

— Jamais de la vie, répondit le jeune homme avec un sourire contrit. Moi aussi, je sais deux ou trois choses.

— Que veux-tu dire ?

Rintarô hocha lentement la tête face au regard interrogatif du félin.

— Tu es apparu devant moi avec le but annoncé de libérer des livres. Pour cela, disais-tu, tu avais besoin d'emprunter ma force. Mais je pense que la réalité est un peu différente.

Le chat l'écoutait sans bouger.

Il se contentait de le fixer de ses prunelles de jade.

— Le jour où mon grand-père est mort, je pensais que plus rien n'avait d'importance. Je n'avais ni père ni mère, mon aïeul venait de disparaître, tout était si absurde que j'en étais dégoûté et que je me fichais de tout. C'est alors que tu es apparu devant moi.

Rintarô se frotta la tête d'un air gêné.

— Si tu n'étais pas venu, je doute que je serais ici en ce moment, en train de sourire. Tu m'as demandé de te prêter ma force, mais en réalité, c'est moi qui ai reçu la tienne.

Les yeux plongés dans ceux du chat, il marqua une pause avant de poursuivre :

— Tu m'as forcé à sortir, moi, le reclus qui restait cloîtré dans cette boutique. Je t'en remercie.

— Il n'y a aucun mal à se retrancher dans une librairie, répondit le félin de sa voix grave. Ce qui m'inquiétait, c'était de te voir t'enfermer dans ta coquille.

— Ma coquille… ?

— Sors de ta carapace.

Rintarô sentit le ronronnement du chat résonner au plus profond de son estomac.

— Ne cède pas à l'isolement. Tu n'es pas seul. Tu as beaucoup d'amis qui veillent sur toi.

Quelles paroles énigmatiques… Pleines de détermination, c'étaient aussi de chaleureuses paroles d'adieu.

Ravalant ses nombreuses questions, Rintarô se contenta de lui rendre son regard en silence.

Quelques jours à peine s'étaient écoulés depuis le décès de son grand-père. Mais grâce à la présence de ce surprenant félin, cette période ô combien mélancolique était à présent remplie de gaieté. N'était-ce pas là le plus beau cadeau que lui avait fait le mystérieux chat ?

— Je te remercie.

— Tu fais bien, rétorqua le chat avec un sourire malicieux, avant de lui adresser un salut élégant et de tourner les talons.

S'élançant vers le couloir aux bibliothèques nimbées d'une lumière pâle, il s'éclipsa, comme emporté par le vent.

Rintarô et Sayo se contentèrent de le regarder disparaître en silence.

Le chat ne se retourna pas une seule fois.

Lorsqu'il eut disparu dans le halo bleuté, la cloison en bois de la vieille librairie reparut devant leurs yeux, comme si de rien n'était.

En dépit de l'absence de client, la clochette de la porte d'entrée tintinnabula.

Chapitre 4

L'ULTIME DÉDALE

Le doux arôme d'un thé assam s'éleva tandis qu'il versait le contenu de la théière blanche et ronde dans une tasse en porcelaine Wedgwood usée.

Il y ajouta un morceau de sucre et beaucoup de lait.

Le cercle blanc ainsi dessiné s'élargit pour former un arc délicat avant de se dissoudre tandis qu'il remuait doucement le tout à l'aide d'une cuiller en argent. Portant la tasse à ses lèvres, il se délecta de cet instant de félicité.

Rintarô hocha la tête avec satisfaction.

— J'ai vraiment fait des progrès.

Dans la préparation du thé, s'entendait.

Tous les matins, après avoir fait le ménage dans la boutique, Grand-père avait l'habitude de se servir une tasse de thé. Depuis une semaine que le jeune homme avait repris cette coutume, il lui semblait l'avoir faite sienne.

— Mon petit Rin ! lança soudain une voix suraiguë.

Il se retourna vers la porte.

Sur le seuil baigné de lumière se tenait une femme au visage rond et aimable.

— C'est aujourd'hui que tu déménages, n'oublie pas. Tout est prêt ?

Décidément, elle tenait vraiment à ce surnom, songea Rintarô avec un sourire contrit tandis qu'il posait sa tasse pour aller lui ouvrir.

Vêtue d'un tablier blanc, avec sa silhouette replète et ses manières joviales, sa tante conservait un air juvénile, bien qu'elle eût déjà passé la cinquantaine.

Malgré un temps légèrement couvert, il faisait remarquablement clair dehors, mais ce n'était pas seulement parce que l'intérieur de la boutique était plongé dans la pénombre. Grâce à son caractère solaire, sa tante avait le chic pour réchauffer l'ambiance en dépit de l'air glacial.

— Le camion de déménagement vient cet après-midi, disiez-vous ?

— Voyons, Rin ! protesta-t-elle, exaspérée mais enjouée. Ne sois pas si formel avec ta tante… Tu vas attraper des crampes, à te crisper comme ça !

Elle s'exprimait d'un ton clair, sans la moindre animosité.

Sa Fiat 500 était garée devant la boutique. L'image absurde de sa silhouette à l'étroit dans ce minuscule véhicule suffisait à ragaillardir le cœur du jeune homme.

— Je vais faire des courses, as-tu besoin de quelque chose ? dit-elle en grimpant dans la voiture. Je serai de retour avant le déjeuner, je ne manquerai pas de te rapporter à manger, ne t'en fais pas. D'ici là, prépare bien tes affaires, d'accord ?

Rintarô ne put qu'acquiescer avec un sourire forcé. Les mains sur le volant, sa tante s'arrêta soudain de gesticuler pour lever les yeux vers son neveu.

— Qu'y a-t-il ? lui demanda-t-il.

— Comment dire… Tu me sembles un peu changé, constata-t-elle. Lors des funérailles, tu avais une tête si affreuse, tu semblais à deux doigts de disparaître, aussi étais-je très inquiète, mais visiblement, tu n'es pas aussi faible que je le pensais. Prends-le comme un compliment.

— Inutile de vous inquiéter.

Le jeune homme s'efforça d'afficher un air heureux.

— Bien sûr, tout n'est pas rose mais, dans l'ensemble, ça va.

Sa tante esquissa un sourire devant cette déclaration douteuse, avant de lever le nez vers le ciel.

— Tiens !

Suivant son regard, Rintarô écarquilla légèrement les yeux.

— Il neige…, remarqua sa tante avec émotion.

Des flocons cotonneux dansaient sans un bruit dans le ciel couvert de nuages gris. Même en l'absence de soleil, la clarté de la neige égayait les environs. Quelques passants s'arrêtèrent, intrigués, pour lever la tête.

— J'aime bien la neige. Ça me rend toute joyeuse !

Décidément, sa tante était bien spéciale pour faire ce genre de déclaration enfantine sans la moindre gêne.

— Je t'achèterai un gâteau pour ce soir. Prêt à te régaler, Rin ?

— Un gâteau ?

— C'est la veille de Noël, l'as-tu oublié ?

Son ton joyeux surprit sincèrement Rintarô.

Depuis le décès de son grand-père, il n'avait plus prêté la moindre attention au calendrier.

Promenant son regard alentour, il remarqua les lumières décorant les arbres et les seuils des maisons. Seuls Rintarô et la librairie Natsuki se complaisaient dans leur morosité, indifférents à l'ambiance festive.

— Au fait, n'as-tu rien de prévu avec ton adorable petite amie ?

— Quelle petite amie ?

— Je plaisante, s'esclaffa gaiement sa tante en mettant la clef dans le contact. Allez, à plus !

La Fiat démarra. Dans la rue, les livreurs à vélo commençaient leur tournée, et çà et là, on apercevait des lycéens se rendant à leurs activités de club matinales. Si Rintarô n'éprouvait pas de nostalgie particulière à l'approche de Noël, il ne pouvait rester indifférent à l'idée qu'il observait pour la dernière fois ce paysage familier. Même la neige prenait une importance particulière, aussi se tint-il là un moment.

Dix jours à peine s'étaient écoulés depuis la mort de son grand-père. Aussi courte que fût cette période, elle lui apparaissait bien plus longue en raison des événements étranges survenus dans ce laps de temps. Parmi les nombreux souvenirs accumulés, un, en particulier, demeurait gravé dans sa mémoire : celui du sourire malicieux que lui avait adressé le Tigre lors de leur dernière entrevue.

Trois jours qu'il n'avait plus vu le chat et son épaisse fourrure. Le temps avait passé en un clin d'œil tandis qu'il s'était préparé au déménagement.

Le félin n'avait pas reparu, et le mur du fond de la librairie Natsuki avait gardé son apparence banale.

Sayo passait boire une tasse de thé à la boutique en rentrant des cours ou de ses activités de club. Elle avait beau s'étendre sur sa lecture du moment

– un roman de Stendhal –, nul doute qu'elle s'inquiétait pour cet étrange chat tigré.

Bien sûr, Rintarô ne pouvait prétendre que le sujet ne le préoccupait pas, lui aussi.

Mais le temps continuait de s'écouler, impitoyable.

L'adolescent le savait d'expérience : quels que soient les chagrins, les peines ou les épreuves, la marche du temps ne s'arrêtait pas pour lui. Emporté par le courant, il avait réussi, tant bien que mal, à tenir jusque-là.

Après s'être laissé aller à contempler la neige, il reprit ses esprits et regagna l'intérieur de la boutique. Il s'apprêtait à débarrasser le service à thé lorsqu'il se figea sur place.

Une lumière bleuâtre baignait le fond du magasin, jusque-là obstrué par une cloison de bois. Avant qu'il ait pu réagir, le chat fit son apparition, tranquillement assis à contre-jour.

Ses moustaches blanches et bien droites frétillèrent légèrement tandis que le jeune homme reprenait son souffle.

— Cela fait un bail, junior, déclara-t-il de son habituelle voix grave.

— Ça fait tout juste trois jours, répliqua Rintarô avec un sourire.

— Tiens donc ?

— Bon retour parmi nous, je suppose ?

— Inutile de faire des politesses.

Dos à la lumière, le chat posa sur lui ses pupilles de jade.

— Prête-moi ta force.

Derrière lui, la lumière redoubla d'intensité dans le couloir rempli de bibliothèques.

*

— J'ai une nouvelle fois besoin de ta force.

Comme à l'accoutumée, le chat ne s'embarrassait pas de salutations ni d'explications. Bien sûr, il ne donna pas le moindre signe de réjouissance à l'occasion de leurs retrouvailles inattendues.

— Je croyais qu'on s'était dit adieu…

— La situation a changé. Nous devons une nouvelle fois plonger dans le dédale.

Derrière son habituelle indifférence pointait une nervosité inédite.

— Il est arrivé quelque chose ?

— Un quatrième dédale est apparu.

— Pardon ?

— Je n'ai rien vu venir. J'ai encore besoin de ta force, répéta-t-il, avant de baisser la voix. Cependant, cette fois, notre adversaire sera terrible et n'a rien à voir avec les précédents.

S'il arborait comme toujours son attitude sans gêne et autoritaire, il avait perdu son impertinence toute féline – preuve irréfutable que la situation n'avait rien d'ordinaire.

— Si l'adversaire est si terrible, es-tu sûr que je ferai l'affaire ?

— Toi seul peux intervenir. L'autre partie ne nous laisse pas le choix.

— Comment cela ?

— C'est une entité exceptionnellement coriace. Cette fois, il y a un vrai risque que tu ne puisses plus revenir. Mais tu devrais pouvoir t'en sortir.

La voix du chat prenait des accents désespérés, comme dans une prière.

— Entendu, dit Rintarô, profondément touché. Allons-y.

Le Tigre resta muet un instant, pris de court par la simplicité de sa réponse. Il posa sur le jeune homme un regard grave.

— Tu m'as bien entendu quand je t'ai dit que c'était dangereux ?

— Et que c'était différent des cas précédents. Et que je risquais de ne pas pouvoir revenir.

— Malgré tout, tu acceptes de venir ?

— Tu m'as l'air dans le pétrin. N'est-ce pas une raison suffisante ?

Devant cette réponse nonchalante, le félin afficha une mine interdite, comme s'il venait de voir un fantôme en plein jour.

— Es-tu sûr que tu vas bien, junior ?

— Je vais me fâcher, si tu continues.

— Mais…

— Je t'étais redevable. Et même si je t'ai dit merci, je n'ai jamais pu te rendre la pareille comme il se doit. C'est l'occasion toute trouvée.

Après l'avoir dévisagé, le Tigre inclina la tête, plus ému que jamais.

— Je t'en suis reconnaissant.

— J'ai une condition, cependant : il faut partir tout de suite, déclara Rintarô en se précipitant vers la porte pour la verrouiller en hâte. Yuzuki ne va pas tarder à passer. Si elle nous entend, elle insistera pour venir aussi. Or je ne veux pas lui faire courir un tel danger.

Le Tigre l'écouta sans rien dire.

Lorsque le jeune homme essaya de le presser, le chat lui adressa un regard sévère.

— Je regrette, mais cela ne dépend pas de toi.

La réponse, sibylline, avait été formulée d'une voix indéchiffrable.

Dans le silence tendu qui s'installa, Rintarô cessa de s'agiter pour froncer les sourcils.

Dehors, la sonnette d'une bicyclette retentit avant de s'éloigner aussitôt. Lorsque le calme fut revenu dans la pièce, le chat reprit la parole.

— Sayo Yuzuki a été enlevée. Elle t'attend, retenue au fin fond du labyrinthe.

Interloqué, Rintarô ne sut quoi dire.

— M'as-tu entendu, junior ?

— Je ne suis pas sûr de bien comprendre…

— C'est pourtant simple : Sayo Yuzuki a été victime d'un enlèvement. Le but de cette dernière mission n'est pas de sauver des livres.

Le chat posa un regard d'airain sur le jeune homme.

— Ta mission est de sauver ton amie.

Rintarô se détourna pour examiner le couloir rempli de bibliothèques qui s'étirait depuis le fond de la boutique.

Cette allée toute droite. Ces étagères pleines de livres qui couvraient intégralement les murs. Et cette lumière pâle et bleutée qui illuminait tout…

Comment se faisait-il… ?

Un frisson d'épouvante s'empara de Rintarô.

*

« Finalement, tu n'as pas l'intention de revenir en cours, je suppose ? » lui avait demandé Sayo deux jours plus tôt.

La jeune fille, qui était passée comme à son habitude à la boutique en se rendant à la répétition matinale de la fanfare, posait un regard stupéfait sur Rintarô tandis qu'il lui servait un thé sur le comptoir.

De la discussion qu'ils avaient eue, il ne gardait pas le moindre souvenir. Sans doute s'agissait-il d'un bavardage banal, sans importance particulière.

Des histoires de livres, de thé, et peut-être de chats, aussi.

Puis, alors qu'elle s'apprêtait à partir pour sa répétition, Sayo s'était retournée pour lui dire :

« Tu ne peux pas rester éternellement reclus, tu sais. Certes, il y a peut-être beaucoup de choses qui n'en valent pas la peine, mais c'est ta vie et tu n'en as qu'une seule, alors… »

Elle avait marqué une pause, avant d'ajouter d'une voix douce :

« Tâche d'aller de l'avant. »

Un conseil avisé, digne de la brillante déléguée qu'elle était.

Mais aussi une formule d'encouragement pour son ami qui se préparait à déménager.

Rintarô éprouvait un regain de reconnaissance pour ces paroles pleines de sollicitude.

Elle s'était retournée sans attendre de réponse, et il l'avait regardée sortir dans la lumière, les yeux plissés.

L'image de sa main qu'elle avait agitée sous le soleil matinal demeurait ancrée dans la mémoire du jeune homme.

— Comme c'est étrange, murmura Rintarô alors qu'ils avançaient dans le couloir bordé de bibliothèques. C'est la première fois que je ressens une telle inquiétude pour quelqu'un.

Pour toute réponse, le chat lui adressa un coup d'œil par-dessus son épaule. Le chemin, pourtant familier, lui semblait plus long que jamais. N'était-ce qu'une impression ou la réalité, il n'aurait su le dire, mais étagères et lampes continuaient de défiler sans fin.

— Pourquoi avoir enlevé Yuzuki ? Si c'est moi qui l'intéresse, autant me kidnapper directement.

— Je n'en connais pas la raison. Tu n'auras qu'à le lui demander directement, répondit le chat d'un ton amer. Sans doute cela lui a-t-il paru le meilleur moyen de te pousser à l'action.

— C'est bien compliqué, tout ça…

— Rien de si compliqué. Cette jeune fille s'est toujours souciée de toi, répliqua le matou sans même se retourner. Elle se fait beaucoup de mouron pour son camarade pessimiste qui vit reclus depuis la mort de son grand-père.

— C'est normal, en tant que déléguée, elle a un fort sens des responsabilités, et puis on est voisins…

— Je ne suis pas sûr que cela te soit d'une grande aide, mais laisse-moi t'expliquer une chose, l'interrompit le Tigre sans ménagement. J'ai dû te le dire, lors de ma première venue à la librairie. Seuls les individus remplissant une condition particulière sont capables de me voir. Mais il ne s'agit pas de posséder une perception extra-sensorielle.

Le chat s'arrêta pour faire face à Rintarô.

— Il s'agit d'*avoir de la compassion pour les autres*, ajouta-t-il d'un air mystérieux. Cette compassion ne se résume pas à prendre une voix mielleuse pour abreuver les autres de paroles vides et faussement sympathiques. Elle consiste à ressentir les troubles de son prochain, à souffrir avec lui, voire, parfois, à marcher à ses côtés.

Le Tigre se remit en chemin. Rintarô le suivit précipitamment.

— Ce n'est pas une aptitude exceptionnelle. C'est une disposition précieuse, que chacun possède naturellement. Mais beaucoup finissent par la perdre en cours de route, sous l'effet d'un quotidien stressant et étouffant. Comme toi.

Cette remarque fit sursauter Rintarô.

— Englués dans un quotidien oppressant, accaparés par leurs propres problèmes, la plupart perdent leur capacité à se soucier des autres. N'ayant plus de cœur, ils cessent de ressentir la douleur de leur prochain. Qu'ils mentent, blessent les autres, exploitent les plus faibles, ils n'éprouvent plus rien. Le monde est peuplé de tels insensibles.

Le couloir commença à changer d'aspect tandis que résonnaient ces paroles pesantes.

Les bibliothèques sans fioritures qui recouvraient les deux murs avaient laissé place à une splendide marqueterie en chêne vieillie par le temps, et le passage lui-même s'était progressivement élargi pour former un corridor assez vaste pour que cinq ou six personnes puissent y avancer de front.

Les lampes suspendues avaient disparu du plafond qui s'était élevé, et les chandeliers auparavant dressés devant les bibliothèques éclairaient à présent tout l'espace.

Chat et garçon continuèrent de marcher en silence au milieu de cet immense décor.

— Pourtant, aussi irrécupérable que soit ce monde, il arrive encore que l'on rencontre des gens dotés de cette précieuse qualité, comme cette jeune fille. Leurs yeux ne peuvent être trompés par mes artifices. Autrement dit, ajouta le Tigre en jetant un coup d'oeil par-dessus son épaule à Rintarô, ce n'est pas le sens des responsabilités ni une quelconque obligation qui ont poussé cette jeune fille à se préoccuper de ton bien-être.

À ces mots, malgré l'absence de vent, la flamme des chandeliers vacilla imperceptiblement.

Maintenant qu'il le disait…

La silhouette de Sayo, aperçue lors de ses nombreuses visites à la librairie, lui revenait clairement en mémoire. Soudain, chacune de ses apparitions prenait une importance nouvelle dans l'esprit du jeune homme.

— Si tu t'inquiètes sincèrement pour elle à présent, c'est que tu as retrouvé ton cœur perdu. Ce cœur soucieux des autres, grâce auquel tu ne penses pas qu'à toi-même.

— Un cœur soucieux des autres…

— C'est une amie trop bien pour un faible comme toi, décréta le chat de son ton habituel.

Quelque part derrière son indifférence pointait un embryon de sourire, pourtant.

Rintarô leva les yeux.

Loin au-dessus de sa tête, le plafond en arche dessinait une courbe délicate dont la beauté et la sérénité rappelaient une vieille église qui aurait résisté au passage des ans.

— Il y a beaucoup de choses que je pense avoir comprises mais que je ne vois pas, constata Rintarô.

— Le seul fait de t'en rendre compte prouve que tu as mûri.

— Je me sens un peu plus courageux.

— Un peu, seulement ? Voilà qui est ennuyeux, souffla le chat à mi-voix. Notre dernier adversaire est vraiment redoutable.

Avant même qu'il ait fini sa phrase, une immense porte en bois se matérialisa devant eux.

Visiblement bien trop lourde pour les bras chétifs de Rintarô, elle s'ouvrit avec un discret grincement à leur approche.

Les deux battants s'écartèrent lentement pour laisser paraître un vaste jardin de verdure.

Sous la douce lumière du soleil s'épanouissaient des arbres luxuriants ; çà et là, s'étiraient vers le ciel les jets d'eau immaculés d'une fontaine ornée d'une statue d'ange, tandis que les haies soigneusement taillées formaient un magnifique contraste avec les pierres disposées de façon géométrique.

Rintarô et le chat se tenaient sous une imposante porte cochère qui surplombait ce panorama. Un auvent blanc s'étirait au-dessus de leurs têtes, et de part et d'autre couraient des routes pavées en pente douce. Le décor semblait tout droit sorti d'un château médiéval à l'occidentale.

— Très sophistiqué, murmura le Tigre.

Un bruit caractéristique retentit soudain : *cataclop, cataclop*. Une calèche approchait sur leur droite, tirée par deux chevaux.

La voiture s'arrêta devant eux et un cocher en descendit pour s'incliner et leur ouvrir la portière sans un mot.

— Je suppose que c'est une invitation, dit le chat avant de grimper sans se gêner à bord du véhicule.

Le cocher ne bougea pas. Rintarô avança craintivement pour monter à son tour.

L'intérieur de la calèche, étonnamment spacieux, était tapissé de velours écarlate. Chat et garçon étaient assis face à face.

La portière se referma avec un bruit sec, et quelques instants plus tard la voiture reprit sa route.

— Qu'est-ce que c'est que ce cirque ?

— Une façon de te souhaiter la bienvenue.

— Hélas, je ne connais personne ayant ce genre de passe-temps.

— Si tu ne connais pas cette entité, elle te connaît. Tu es une véritable célébrité dans ce monde.

— De quel monde parles-tu ?

— Qui plus est, le maître de ce dédale est un être à part. Comme tu peux le constater, son pouvoir est immense.

— Dans ce cas, peut-être se laissera-t-il émouvoir par mes larmes ? Je n'aurai qu'à le remercier d'avoir kidnappé ma meilleure amie pour m'inviter ici.

Le chat esquissa un sourire.

— Bel état d'esprit ! Dans un monde dénué de toute logique, la meilleure arme n'est ni la raison ni la force…

— C'est l'humour, n'est-ce pas ?

À ces mots, la calèche s'ébranla et gagna en vitesse pour rejoindre une vaste route.

Par la fenêtre, le grand parc s'éloignait derrière eux.

Soleil, vent, jets d'eau, végétation luxuriante... Tout, dans ce paysage pourtant agréable, provoquait un sentiment de malaise.

Parce qu'il n'y avait là aucun signe de vie, songea instinctivement Rintarô.

Il n'y avait pas que les hommes qui manquaient au tableau. Oiseaux, papillons... Pas la moindre trace de ces formes de vie qui faisaient tourner le monde. Même agencé avec soin, ce tableau n'était qu'un décor stérile.

— C'est la dernière fois que nous conversons, tous les deux, annonça soudain le chat de sa voix grave.

Rintarô détacha les yeux du paysage pour le regarder.

— J'ai l'impression d'avoir déjà entendu ce genre de propos...

— Ne t'inquiète pas.

Assis sur la banquette de facture classique, le Tigre plongea ses prunelles de jade dans celles de Rintarô.

— Cette fois, c'est vraiment la dernière.

— Dans ce cas, j'aurais quantité de questions à te poser.

Le chat se garda bien de répondre. Il se contenta de le fixer sans bouger.

Le jeune homme esquissa un sourire contrit.

— Mais je ne saurais même pas par où commencer…

Le chat demeura figé.

Son profil baigné par les rayons du soleil commença à prendre des teintes rousses. Dehors, le crépuscule faisait déjà place à la nuit, et même l'intérieur de la calèche était gagné par les ténèbres.

En un clin d'œil, les étoiles commencèrent à briller les unes après les autres au firmament.

— Les livres ont un cœur, déclara soudain le félin.

Ses prunelles étincelèrent à la lueur des étoiles.

— Là-bas, le livre ne se résume pas à une simple liasse de papier. Qu'il s'agisse d'une œuvre coup de poing ou d'une saga-fleuve, tant qu'on ne l'ouvre pas, ce n'est qu'un objet inerte. Mais les livres dans lesquels on s'est épanché et que l'on chérit possèdent un cœur, eux.

— Un cœur ?

— Tout juste, confirma le chat d'une voix forte. À l'heure actuelle, les gens touchent de moins en moins les livres et y déversent rarement leurs pensées, et il en résulte que les livres, eux aussi, perdent leur cœur. Mais il existe encore des êtres tels que toi et ton grand-père, qui les aimez sincèrement et leur tendez l'oreille.

Le chat inclina lentement la tête pour contempler la voûte étoilée.

— Tu es pour moi un ami irremplaçable.

Que de paroles mystérieuses… Rintarô s'efforçait néanmoins de les graver chacune dans sa mémoire.

Tournés vers le ciel nocturne, les yeux verts du félin miroitaient.

Débordant d'assurance, un peu arrogant, mais aussi magnifique, tel était le Tigre.

— J'ai l'impression de te connaître depuis des lustres, déclara soudain Rintarô.

Le chat ne se retourna pas. Mais ses oreilles triangulaires guettaient la suite de ses propos.

— C'était il y a très longtemps. Quand je n'étais encore qu'un enfant…

L'adolescent regarda le plafond comme pour fouiller dans ses souvenirs.

— Je t'ai rencontré dans les pages d'un conte, je crois. Peut-être était-ce un livre que me lisait ma mère.

— Les livres ont un cœur, répéta le chat à voix basse, surtout ceux que l'on chérit. Or un livre doté d'un cœur ne manquera jamais de voler à la rescousse de son propriétaire dans les moments décisifs.

Sa voix calme et profonde se lovait avec chaleur autour du cœur de Rintarô. Il posa de nouveau les yeux sur le jeune homme et esquissa un discret sourire à la lueur des astres.

— Ne te l'ai-je pas dit ? Tu n'es pas seul.

Sous les cieux nocturnes, la calèche emportait Rintarô et son compagnon dans un léger cahotement. À mesure qu'elle avançait, la lumière stellaire filtrant par les fenêtres se déplaçait sans un bruit dans l'habitacle tapissé de velours. Lorsque le faisceau bleuâtre se posa sur lui, le Tigre se rembrunit, et un éclair acéré traversa son regard.

— Mais tout livre doté d'un cœur ne deviendra pas forcément un allié.

— Tu fais allusion à Yuzuki ? demanda Rintarô, les sourcils froncés.

— Tout juste. C'est le dernier dédale.

Le chat tourna une nouvelle fois la tête vers la fenêtre.

Rintarô suivit son regard.

Les étoiles illuminaient le ciel d'un éclat magnifique. Mais leur agencement était si chaotique qu'on ne pouvait identifier la moindre constellation.

— De la même façon que l'esprit humain peut se laisser déformer par la douleur, le cœur d'un livre peut se disloquer. Manipulé par un être à l'esprit tordu, un livre verra son cœur se déformer à son tour. Alors, il devient fou.

— Le cœur d'un livre qui se déforme…

Le Tigre acquiesça avec conviction.

— Les livres anciens, en particulier, disposant d'une longue histoire, sont influencés par de nombreux esprits, dont ils tirent un grand pouvoir, pour le meilleur ou pour le pire. Et lorsqu'un de ces livres voit son cœur déformé…

Le chat poussa un profond soupir avant de poursuivre :

— Ils ont bien plus de pouvoir que je ne pourrai jamais en avoir.

— Je commence à comprendre ce que tu voulais dire en décrivant ce dernier adversaire comme différent des autres, répondit Rintarô d'une voix étonnamment calme.

Lui-même se sentait étrangement serein, à vrai dire.

De l'autre côté de la vitre, le paysage avait changé.

La calèche, qui avait traversé le vaste parc, roulait à présent dans les rues d'une vieille ville. Maisons à un étage, vélos adossés contre les murs, réverbères clignotant d'une lumière jaune et crue, vieux distributeurs dont la silhouette blanche se détachait dans le noir…

Rintarô avait déjà vu ce paysage quelque part.

— Pardonne-moi, junior.

Le Tigre inclina profondément la tête.

— Nous ne pourrons pas contrôler l'adversaire qui nous attend.

— Ne t'excuse pas, répondit le jeune homme avec un sourire contrit. Je te suis reconnaissant pour bien des choses.

— Nous n'avons rien accompli, finalement. C'est par ta seule force que tu es arrivé jusqu'ici.

— Malgré tout…

Soudain, la calèche cahota légèrement, avant de perdre de la vitesse.

— Malgré tout, j'ai pu prendre conscience d'un certain nombre de choses importantes, affirma Rintarô.

La voiture s'arrêta avec fracas.

La portière s'ouvrit un instant plus tard.

Un vent glacial s'engouffra dans la cabine.

Lorsque Rintarô regarda dehors, un paysage familier s'étirait derrière le cocher qui s'inclinait poliment.

Sans paniquer, le jeune homme descendit lentement de voiture. Lorsqu'il se retourna, le Tigre n'avait pas bougé de sa banquette, ses yeux brillant dans le noir.

— Tu ne veux pas m'accompagner ?

— Inutile. Tu voles déjà de tes propres ailes.

Il esquissa un sourire magnifique.

— Va, Rintarô Natsuki.

— N'est-ce pas la première fois que tu m'appelles par mon nom ?

— C'est une marque de reconnaissance. Le cœur déformé est puissant. Cependant...

Le chat serra les lèvres avant de laisser échapper :

— Tu es plus fort encore.

Des paroles souveraines.

Des encouragements que seul pouvait formuler un ami connaissant parfaitement son interlocuteur.

Un frisson parcourut le dos de Rintarô tandis qu'il acquiesçait. Un air frigorifique flottait derrière lui, qui le mettait mal à l'aise. Pourtant, le jeune homme ne songeait pas à fuir. Il savait que c'était impossible.

— Te reverrai-je un jour ?

— Arrête. C'est une réplique bien trop éculée pour des adieux.

Réponse d'une âpreté toute féline. Suivie d'un au revoir sans prétention :

— Adieu, mon vaillant ami.

Le cœur serré, Rintarô salua le chat qui s'inclinait en silence.

Quelques instants plus tard, il tourna les talons et se mit en marche, laissant la voiture derrière lui.

Un peu plus loin, le long de l'étroit sentier qui se déroulait devant lui, se dressait un vieux réverbère à la lueur jaune, sous lequel semblait se recroqueviller une petite maison isolée. À mieux y regarder, la mansarde arborait une enseigne en bois, sur laquelle était soigneusement inscrit : *Librairie Natsuki.*

Le paysage était rendu dans ses moindres détails.

Rintarô ne ralentit pas l'allure, pourtant.

Car aussi parfaitement réalisé que fût le décor, il n'en restait pas moins artificiel.

Pas de lune dans le ciel, pas de végétation au sol, pas de lumière aux fenêtres des maisons alentour. Un paysage désolé comme on en voyait rarement.

Fendant l'air glacé, Rintarô marcha tout droit pour rejoindre enfin le seuil de pierre de la librairie Natsuki.

Seul l'intérieur de la boutique était éclairé derrière la porte à claire-voie familière.

— Entrez, lança soudain une voix.

Un timbre de femme, aux accents sereins.

Au même instant, la porte s'ouvrit sans un bruit.

*

— Sois le bienvenu, Rintarô Natsuki.

La voix, froide, résonna dans la boutique.

Rintarô se trouvait à l'intérieur de la librairie Natsuki, qu'il connaissait par cœur.

À ceci près que tout y était différent.

Pas un seul livre n'ornait les étagères recouvrant les murs des deux côtés. Ainsi dénudé, l'endroit paraissait exceptionnellement spacieux.

Deux splendides canapés se faisaient face au centre de la pièce – autre nouveauté. Sur celui du fond siégeait une silhouette menue. Rintarô ne cacha pas sa perplexité en découvrant qu'il s'agissait d'une dame âgée, toute maigre.

Vêtue d'un uniforme noir sans fioritures, elle croisait les jambes avec décontraction, ses longues mains blanches posées sur ses genoux, le regard fixé sur son visiteur. Elle dégageait une allure vulnérable et impuissante, mêlée d'une aura grise indéchiffrable qui la rendait hors d'atteinte.

Sans quitter sa pose, elle remua ses lèvres fines.

— Qu'est-il arrivé à ton compagnon félin ?

— Il m'a dit que je devais me rendre seul dans le dernier dédale.

— Un peu froid, pour un camarade. À moins que…

Du bout des doigts, elle effleura sa joue blanche.

— Me sous-estimerait-il ?

Rintarô sentit un frisson le parcourir.

Son hôtesse posait sur lui des yeux sombres dénués d'émotion. Inconsciemment, il fit un pas en arrière, comme pris au piège d'une multitude de fils de soie invisibles s'enroulant lentement autour de lui pour le suffoquer.

Le Tigre n'avait pas menti : elle était différente de tous leurs précédents adversaires.

Aussi étrange qu'ait pu être leur comportement,

les trois hommes affrontés jusque-là lui donnaient tous l'impression de *posséder un cœur*. Du moins nourrissaient-ils des sentiments divers à l'égard des livres, à partir desquels démêler l'écheveau de la conversation et trouver le chemin de la sortie.

La femme qui se trouvait devant lui, en revanche, émettait une lueur artificielle, tel un mur d'acier. Elle n'offrait pas le moindre indice ni la moindre porte. Rien qu'une froideur insondable et stagnante.

D'ordinaire, Rintarô se serait empressé de rendre les armes pour fuir le combat. Sentant le découragement le gagner, il jeta inconsciemment un regard à ses pieds – mais son fidèle compagnon, le Tigre, manquait à l'appel. Il aurait pu trouver des dizaines de raisons de prendre ses jambes à son cou.

Pourtant, rassemblant ses forces dans ses genoux tremblants, le jeune homme campa sur sa position.

Il avait un but en venant ici. Il ne s'était pas contenté de se laisser porter par le hasard, comme il avait pu le faire jusque-là.

— Bienvenue dans la librairie Natsuki, dit la femme en écartant les mains d'un geste aérien. J'espère que ma mise en scène te plaît. Quel merveilleux voyage, n'est-ce pas ?

— Je suis venu vous demander de libérer Yuzuki.

Pour toute réponse, la dame plissa imperceptiblement les yeux.

Rintarô réitéra sa requête.

Sans changer d'expression, son interlocutrice laissa s'échapper un léger soupir.

— Tu n'es pas aussi affûté que je l'espérais, jeune homme. Tu profères des évidences, sans une once d'originalité.

— « Il existe des hommes bons et simples d'esprit. Peu d'hommes véritablement intelligents sont bons. »

— Steinbeck ? Ce n'est pas une citation que j'emploierais à dessein.

— Au contraire, elle est très juste. Car vous semblez particulièrement intelligente.

La femme réfléchit un instant avant de poser une nouvelle fois son regard inexpressif sur Rintarô.

— Je retire ce que je viens de dire : tu possèdes un merveilleux sens de l'humour. Cela valait bien l'effort de t'inviter jusqu'ici.

— Je ne sais pas quels sont votre objectif et vos intentions, mais pour l'heure, dois-je vous remercier ?

— Tu es moins patient que ne le prétend la rumeur. De ce que j'ai entendu dire, tu avais l'air plus doux.

Elle avait vu juste.

En dépit de l'effroi qui lui rongeait le cœur, il avait l'esprit étrangement clair.

En résumé : il était furieux.

— Permettez-moi de me répéter : je vous demande de libérer Yuzuki. Quelles que soient vos intentions à mon égard, elle n'a rien à voir avec tout cela.

— Mes intentions sont pourtant claires : je souhaite seulement m'entretenir avec toi.

Rintarô resta un moment sans voix devant cette réponse inattendue.

— Si vous vouliez me parler, il vous suffisait de me solliciter. Kidnapper Yuzuki, ce ne sont pas des manières. Puisque vous avez le temps de vous prélasser sur ce luxueux canapé et de vous promener en calèche dans un vaste parc, vous n'aviez qu'à passer à la librairie Natsuki. Je vous aurais même servi le thé assam de mon grand-père.

— Ne crois pas que l'idée ne m'ait pas effleurée. Mais si je t'avais rendu visite à brûle-pourpoint, tu ne m'aurais pas prise au sérieux, n'est-ce pas ?

— Pardon ?

— Je tiens à avoir une conversation réfléchie avec toi. Je n'ai que faire des réponses faciles et improvisées, ni des attitudes tièdes affichées au nom de la prudence ou de la réserve. Je veux voir un jeune qui aime sincèrement les livres en parler le plus sérieusement du monde.

Ses lèvres se courbèrent imperceptiblement pour dessiner un sourire – un sourire magnifique mais figé, qui manquait de chaleur.

Rintarô eut un frisson, comme si une main glacée lui avait effleuré la nuque. Il reprit la parole afin d'étouffer la part faible de son caractère, celle qui lui dictait de prendre ses jambes à son cou.

— Laissez-moi reformuler : est-ce uniquement pour me parler que vous avez enlevé Yuzuki ?

— Précisément. Et à en juger par ta réaction, j'ai été bien inspirée.

Rintarô prit une profonde inspiration.

Son adversaire menait la danse. Peut-être n'était-ce pas nécessairement un mal – mais il ne pouvait être bon de perdre son calme sous le coup de l'émotion. *A fortiori* lorsque l'on espérait mener une conversation sérieuse.

Même si elle ne paraissait guère satisfaite du silence du jeune homme, la femme tendit la main pour désigner le canapé en face d'elle.

Voyant qu'il ne bougeait pas, elle inclina légèrement la tête.

— Peut-être seras-tu plus à l'aise ainsi.

D'un claquement de doigts, elle fit disparaître le canapé pour le remplacer par une petite chaise ronde en bois.

Celle-là même, vieille et abîmée, sur laquelle il avait l'habitude de s'asseoir dans la librairie.

Aussi soignée que fût la mise en scène, elle n'offrait pas le moindre atome de chaleur ni de sollicitude. Pas la moindre considération pour la santé de ce jeune homme qui s'obstinait à rester debout. Son action semblait uniquement motivée par la conviction qu'il s'agissait du plus court moyen pour atteindre son but.

Conscient que toute résistance serait inutile, Rintarô prit place sur le siège.

— De quoi dois-je parler ?

— Ce que tu peux être impatient ! Mais je ne puis t'en vouloir, puisque tu t'inquiètes pour ta petite amie, déclara la dame, indifférente, avant de claquer une nouvelle fois des doigts. Que dirais-tu d'abord d'un petit spectacle ?

Un grand écran blanc se matérialisa soudain devant la bibliothèque de droite. Au même instant, le noir se fit dans la pièce et la toile s'illumina.

— Voyons d'abord le premier…

À ces mots apparurent à l'écran un magnifique portique traditionnel et un mur en terre battue. Avant que Rintarô ait eu le temps de fouiller ses souvenirs pour identifier ce décor qui ne lui était pas inconnu, le film révéla l'intérieur d'une vaste demeure.

La caméra avança le long d'un corridor orné d'aquarelles, de trophées de chasse, de statues de

Vénus et autres objets d'origine non identifiée pour finalement se concentrer sur un homme assis, seul, dans une galerie extérieure.

L'individu, qui arborait un costume blanc lorsque Rintarô l'avait rencontré, portait à présent une chemise usée. Il ne restait plus trace de son attitude arrogante et hautaine tandis qu'il contemplait en silence les poissons nageant dans l'étang de son jardin. Il tenait dans ses mains quelques livres à la couverture ondulée, comme usée par de multiples relectures.

— Le reconnais-tu ?

— C'est le premier dédale.

— En effet. Voilà le résultat après que tu as libéré ses livres.

Rintarô fronça les sourcils.

— Depuis que tu as délivré tous ces ouvrages enfermés, il a abandonné ses habitudes compulsives. Ce revirement soudain de la part d'un homme révéré pour avoir lu plus de cinquante mille opus a choqué et déçu une grande partie de la populace, qui s'est rapidement désintéressée de lui. Le statut qu'il s'était forgé fut conquis par un autre qui avait lu soixante mille titres, et depuis, il est tombé dans l'oubli. Dépouillé de sa position et de ses honneurs, il se contente à présent de fixer son jardin d'un œil vide.

La femme posa son regard inexpressif sur Rintarô, qui ne savait que répondre.

Bientôt, elle fit surgir un deuxième écran, cette fois du côté gauche.

— Passons à la suite.

À ces mots, un immense espace hérissé de piliers blancs apparut sur la toile. Un majestueux plafond en arche, un sol en marbre poli, des murs entièrement recouverts d'étagères chargées de livres par milliers, avec çà et là d'étroits couloirs et escaliers.

Pas de doute possible : il s'agissait du deuxième dédale.

Cette fois, pourtant, le gigantesque corridor dans lequel s'affairaient jadis les blouses blanches, les bras chargés de livres, était totalement désert et silencieux. Pire : l'endroit, jonché de livres et de documents abandonnés au hasard, était délabré.

Seule demeurait une silhouette, dont l'image eut vite fait de se rapprocher. Le chercheur ventripotent était assis à un bureau, près d'une immense bibliothèque.

Naguère plongé dans d'intenses recherches au sein de son laboratoire souterrain lorsque Rintarô et ses compagnons lui avaient rendu visite, l'homme était à présent assis dans un coin, mal rasé, esseulé, et regardait fixement un petit livre qu'il tenait à la main, comme si son âme l'avait abandonné.

— Le brillant universitaire qui avait mis au point coup sur coup plusieurs méthodes de lecture rapide afin de satisfaire aux besoins de l'époque a désormais abandonné ses recherches et passe ses journées à lire. Ce génie, qui dévorait auparavant dix ouvrages par jour, est devenu un de ces simples quidams qui mettent un mois entier à terminer un seul livre. Ses publications, qui faisaient fureur, ont cessé de se vendre, et les demandes de conférences se sont taries.

— Qu'essayez-vous de me dire ?

— Qu'il y a une différence entre les idéaux et la réalité. Mais je n'ai pas encore fini.

Elle tendit la main vers le plafond.

Un troisième écran s'y était matérialisé, sur lequel apparaissait un immense gratte-ciel.

Le troisième dédale.

L'image pénétra dans le bâtiment pour révéler le vaste bureau du président avec ses trois parois vitrées. Si l'endroit était le même, son apparence avait bien changé depuis la visite de Rintarô et de ses amis. Lustre, tapis rouge et canapé avaient disparu. Dans cet espace vaste et dénudé se pressaient des hommes en costume rouge, bleu ou noir, créant une impression de tumulte.

« Cela reviendrait à détruire l'entreprise ! » criait un homme à la tenue écarlate.

« Il faut cesser la publication des titres qui ne se vendent pas ! »

« N'est-ce pas vous qui nous disiez que les lecteurs réclament des ouvrages exaltants et faciles à comprendre, monsieur le président ? ! »

Face à ces hommes qui s'époumonaient à qui mieux mieux se tenait un gentleman âgé et chétif. Le président, naguère si posé, était à présent prostré, la tête dans les mains.

— Le président a changé de politique éditoriale. Il a cessé d'interrompre systématiquement la publication des ouvrages qui ne se vendent pas et s'est mis à rééditer un certain nombre de textes importants qui avaient disparu de la circulation. Résultat, l'entreprise qui se portait à merveille a essuyé d'importants revers et les appels à la démission du président se multiplient.

La femme détacha son regard du plafond pour se tourner vers Rintarô et lui demander d'une voix froide :

— Que penses-tu du fruit de tes merveilleuses aventures ?

— C'est affreux, répondit le jeune homme.

Que pouvait-il dire de plus ?

En dépit du froid glacial qui régnait dans la pièce, il sentit un filet de sueur lui parcourir le dos, et une sensation désagréable d'occlusion lui monta à la tête comme de la nausée.

— Tes paroles ont bouleversé leur situation. Mais le résultat te semble-t-il heureux ?

— Eux n'ont pas l'air très heureux, en tout cas.

— Alors, as-tu commis une terrible erreur ?

— Que voulez-vous me dire ?

— Je ne veux rien te dire du tout. Je veux t'entendre, répliqua la dame d'une voix imperturbable.

Confortablement calée dans son canapé, elle posait sur Rintarô un regard dénué d'émotion.

— Qu'est-ce qui est juste, qu'est-ce qui est une erreur, je n'ai pas la réponse. Voilà pourquoi je t'ai fait venir. Pour sauver les livres, tu as affronté ces trois hommes. Tu as débattu avec détermination et grandement influencé leur philosophie. Tu as considérablement changé leur vision des choses, mais par conséquent, tous se trouvent à l'évidence dans une situation difficile. S'ils sont condamnés à souffrir ainsi, quel sens cela donne-t-il à tes actions ?

Rintarô n'avait jamais réfléchi à cette question.

Ou plutôt fallait-il dire qu'il ne s'était pas attendu à pareille situation ?

Il s'était contenté d'exprimer ses pensées, sans imaginer qu'elles puissent aboutir à de grands changements. Jamais il n'aurait cru pouvoir provoquer de tels bouleversements, et encore moins que des personnes puissent en souffrir.

Ne sachant que faire, il leva les yeux vers les trois écrans.

— Triste monde, ne trouves-tu pas ? demanda la dame, le regard suspendu dans le vague, comme perdu au loin. Les gens aiment à se parer de livres pour se bourrer le crâne de connaissances, avant de les jeter, persuadés qu'il suffit d'empiler les ouvrages pour voir plus loin. Mais…

Pareils à des billes de verre, ses iris beaux mais vides se posèrent sur Rintarô.

— Est-ce vraiment un bien ?

Perplexe, le jeune homme soutint son regard.

Ses prunelles à la lueur sombre demeuraient indéchiffrables. Elle campait sur sa position, indifférente, comme s'il lui revenait naturellement d'obtenir quelque réponse.

— Pourquoi, l'interrogea finalement Rintarô, me demandez-vous cela ?

— Bonne question. Je pensais que tu détiendrais peut-être une réponse remarquable.

— Impossible. Je ne suis qu'un simple reclus.

— Mais tu t'es donné tant de mal pour sauver tous ces livres, et tu y es parvenu.

Elle balaya une mèche de son front.

— Par les temps qui courent, on ne voit plus beaucoup de gens entretenant un lien aussi étroit avec les livres.

— Un lien avec les livres… ?

— Parfaitement. Les personnes comme toi ou ton grand-père se comptent sur les doigts d'une main. Jadis, vous étiez beaucoup plus nombreux, mais les choses ont bien changé en l'espace de deux mille ans.

Rintarô douta un instant de ses oreilles, avant de comprendre qu'il avait bien entendu.

— Deux mille ans… ?! s'écria-t-il.

— Mille huit cents ans environ, pour être plus exacte. C'est l'époque à laquelle je suis née. Comment le temps a-t-il passé si vite ?

Rintarô ne trouva rien à répondre.

« Un livre doté d'un immense pouvoir », avait dit le chat, mais le poids de ces mots avait complètement échappé à Rintarô jusqu'alors. Peu de textes avaient pu ainsi transcender les âges. Même un amoureux des livres aussi érudit que lui ne connaissait qu'une poignée d'ouvrages susceptibles d'avoir conservé un « grand pouvoir » après si longtemps.

La femme poursuivit son exposé sans se préoccuper de son interlocuteur déconcerté.

— Autrefois, il allait de soi que les livres avaient un cœur. Tous les lecteurs en avaient conscience. Ils échangeaient leurs émotions les plus profondes avec ces ouvrages. Dans ces temps anciens, les personnes susceptibles de se procurer des livres n'étaient pas nombreuses, mais chaque individu que je rencontrais me soutenait inconditionnellement, et je le leur rendais bien. C'était la belle époque… Une époque glorieuse.

— Cela semble…, souffla Rintarô.

— Peut-être cela te semble-t-il difficile à croire maintenant, l'interrompit la dame de sa voix douce. De nos jours, il est rare de rencontrer un livre doté d'un cœur. Plus rares encore sont les personnes à savoir que les livres possédaient jadis un cœur. La plupart ne voient dans ces ouvrages qu'une simple liasse de feuilles sur lesquelles sont alignés des caractères. Et je ne parle pas seulement de la masse de textes ingurgités et aussitôt jetés par le grand public. Moi-même, qui n'ai cessé d'être lue à travers le monde au fil des ans, plus personne ne me prend au sérieux. Aujourd'hui encore, on me présente à qui veut l'entendre comme « le livre le plus lu au monde », mais en réalité, plus personne ne s'intéresse à moi. On nous enferme, on nous découpe, on nous liquide. Toutes ces choses que tu as vues, je les ai endurées, moi aussi. Même moi, qui ai traversé près de deux millénaires et franchi la barrière de plus de deux mille langues.

La dame ferma les yeux, comme pour contenir sa peine.

— Pour être honnête, murmura-t-elle de ses lèvres exsangues, moi aussi je suis en train de perdre mon pouvoir. Je me suis entretenue avec tant de gens par le passé, de tant de choses importantes, mais j'ai commencé à oublier de quoi nous discutions alors. Or, si je continue d'oublier, je finirai, à l'instar de tous ces petits livres, par ne plus être qu'une liasse de papier, n'offrant rien de plus que connaissance et divertissement.

Elle rouvrit les yeux.

— Quelle tristesse… J'étais très curieuse de savoir à quoi tu pensais et dans quel but tu avais visité tous ces dédales dans un univers aussi triste. Car tu es une vraie célébrité dans notre monde.

Rintarô ne parvenait pas à décider s'il fallait voir dans cette phrase un trait d'humour ou un simple constat. Il ne pouvait cependant ignorer le poids de cette question.

Les yeux au sol, il gardait le silence.

Il ne savait que répondre. Mais il sentit surgir comme une vague au fond de son esprit, qui l'empêchait de rester muet plus longtemps.

Ajustant ses lunettes, il ferma les yeux, retrouvant ainsi le confort habituel de la chaise ronde sur laquelle il était assis et le calme de la librairie Natsuki. Même dans ce décor factice, son esprit retourna dans la vieille boutique qu'il connaissait si bien. Les vieilles étagères, les lampes rétro, la porte à claire-voie qui filtrait la lumière du soleil, la clochette dont le tintement annonçait l'arrivée de visiteurs. À mesure que remontaient les souvenirs, ses lectures préférées vinrent orner les bibliothèques vides. *Les Frères Karamazov*, *Les Raisins de la colère*, *Le Comte de Monte-Cristo*, *Les Voyages de Gulliver*... Il se remémorait parfaitement l'emplacement de chacun de ces titres, relus maintes et maintes fois. Alors qu'il parcourait mentalement les rayonnages, il sentit les palpitations de son cœur s'apaiser.

— Je ne sais... que vous répondre, déclara-t-il d'un ton hésitant, avant de poursuivre avec application : Cependant, les livres m'ont bien souvent sauvé, c'est indéniable. Si j'ai pu arriver jusqu'ici, en dépit de mon caractère timoré et défaitiste, c'est parce qu'ils m'ont toujours accompagné.

Les yeux rivés sur le parquet luisant, il sélectionnait un à un les mots flottant dans son esprit.

— Bien sûr, il existe toutes sortes de problèmes, comme vous le dites. Pourtant, le pouvoir des livres n'est pas aussi faible que vous le prétendez. Même si beaucoup d'ouvrages disparaissent, d'autres parviennent à subsister, j'en ai la conviction.

Lorsqu'il leva le regard, son hôtesse n'avait pas bougé d'un pouce.

Ses yeux demeuraient toujours aussi indéchiffrables.

— Comme le disait mon grand-père, les livres possèdent un grand pouvoir. Je ne sais pas ce qu'il en était il y a deux mille ans, mais aujourd'hui encore, je suis entouré de quantité de livres merveilleux, avec lesquels je vis au quotidien. Voilà pourquoi…

— Je regrette.

Une brise passa, solitaire.

Bien que légère, elle possédait assez de force pour étouffer les mots du jeune homme. Alors que sa voix enflammée par la passion gelait soudain, d'une phrase, la dame lui asséna le coup de grâce.

— Quelle déception.

Rendu muet, Rintarô écarquilla les paupières avec un frisson.

De profondes ténèbres le contemplaient.

Des ténèbres étranges, qui émanaient du fond des pupilles sereines de son interlocutrice. Tristesse ou désespoir, elles portaient une sombre émotion, pareille à un marais absorbant tout, et avec laquelle un simple lycéen comme Rintarô ne pouvait espérer rivaliser.

— Les pensées seules ne changeront rien, dit-elle d'une voix chargée d'une profonde résignation. J'ai entendu des idéaux infantiles et de l'optimisme mou à m'en faire pourrir les oreilles. Des années durant, jusqu'à plus soif. Mais rien n'a changé.

Sa voix se faisait de plus en plus basse et pesante tandis qu'un sentiment étrange se répandait.

Ses prunelles sombres vaguement tournées vers le ciel ne fixaient aucun point en particulier. Avec ses jambes nonchalamment croisées et ses fines mains posées dessus, immobiles et exsangues, on eût dit une poupée de cire insolite dont seules les lèvres se mouvaient.

Sous son apparence humaine, la vénérable dame assise devant Rintarô n'était déjà plus une personne. C'était une énorme entité recroquevillée, vaisseau d'un sombre affect contre lequel il ne pouvait rien.

— Réconfort temporaire, compromis faciles qui ne font que repousser le problème, discussions superficielles ne visant que l'autosatisfaction..., j'ai été exposée à tous ces artifices. Il se trouvait parfois des gens pour remarquer la crise du livre et élever la voix, mais ils finissaient emportés par la vague, incapables d'influer sur les tendances majeures. De la même façon que les trois individus que tu as rencontrés ont fini par perdre leur place après avoir changé de philosophie.

Elle poussa un soupir discret.

Aussitôt, la masse sombre et écrasante qui s'était répandue devant elle diminua imperceptiblement.

Rintarô reprit son souffle alors que l'étau invisible se desserrait légèrement. Un filet de sueur perlait à son front.

— Au début, lorsque j'ai ouï cette rumeur selon laquelle un mystérieux garçon épris de littérature volait à gauche et à droite pour sauver les livres, j'ai nourri l'espoir qu'il puisse m'apporter quelques mots à même de me secourir. Sans aller jusqu'à espérer un changement, je pensais simplement qu'il pourrait me fournir quelque indice me permettant de recouvrer ce pouvoir que nous avons perdu et oublié. Mais…

La femme se tourna vers Rintarô.

— Visiblement, c'était trop espérer.

Elle leva lentement une main pâle.

— Retourne à ton quotidien.

Un bruit sec accompagna son geste : la porte à claire-voie venait de s'ouvrir.

Voilà qui annonçait soudain le retour tant attendu. Malgré tout, Rintarô ne parvenait pas à se mettre debout ni même à lever les yeux. Il se contentait de rester assis, hagard, en état de choc, comme si on l'avait violemment plaqué au sol.

— Nous en avons fini, murmura la femme d'une voix plus froide encore, avant de se lever en silence.

Ayant déjà perdu tout intérêt pour ce qui se déroulait sous ses yeux, elle tourna les talons et se dirigea vers le fond du magasin.

Relevant la tête à grand-peine, Rintarô remarqua qu'un couloir sombre s'était ouvert dans le mur du fond – dénué de bibliothèques et de lampes, plongé dans le noir, et dans lequel la femme s'enfonça sans un mot. Seul résonnait le claquement de ses pas qui s'éloignaient peu à peu.

Il allait pouvoir rentrer…

Une émotion aride passa dans le cœur du jeune homme.

Voilà qui était pour le mieux, songea-t-il, analysant calmement la situation; pourtant son esprit continuait d'errer, comme à la recherche de quelque chose, tandis que son corps demeurait immobile.

Qu'est-ce qui pouvait bien le faire hésiter? se demanda-t-il en regardant s'éloigner son hôtesse.

Ses meilleurs arguments avaient été rejetés, ses idées les plus réfléchies moquées, sa fierté littéralement dissoute, mais plus rien ne pouvait lui faire de mal. Il ne lui restait plus qu'à se lever, démoralisé, les épaules baissées, pour aller retrouver son quotidien banal.

Nul besoin de se préoccuper de ce qui se passait dans ces incompréhensibles labyrinthes. En tant que lycéen, ses pouvoirs étaient limités. Jamais un jeune bibliophile au caractère sombre et mélancolique ne pourrait se transformer soudain en parfait héros au seul prétexte qu'il venait d'arriver au pays des merveilles. Où qu'il aille, il serait définitivement un reclus. Malgré tout, il avait réussi à soutenir une série de discussions difficiles, aussi était-il prêt à se féliciter pour son admirable prestation.

Son raisonnement de M. Je-Sais-Tout, cette résignation qui le rongeait lui fournissaient des excuses commodes pour étouffer le tumulte qui grondait au creux de ses entrailles.

Il avait toujours vécu de cette façon. C'était très bien ainsi.

N'était-ce pas suffisant ?

N'était-ce…

— Ce n'est pas suffisant, murmura-t-il dans un souffle.

La phrase lui avait soudain échappé, à sa propre surprise.

À peine l'avait-il bredouillée qu'une chose importante, presque oubliée, avait miroité au plus profond de son cœur.

La raison principale pour laquelle il était venu ici. Rintarô retrouva brutalement ses esprits, comme s'il venait de dénicher un coffre au trésor enfoui sous la mer.

— Yuzuki…

Il redressa la tête en sursaut, horrifié.

La silhouette de la femme avait déjà disparu dans les ténèbres du passage. Il se leva pourtant, attiré par le bruit de ses pas.

— Attendez !

Son cri puissant alla se perdre dans le couloir, comme aspiré par une force invisible. Pire, les pas de la femme continuaient de s'éloigner.

— Où est Yuzuki ? Libérez-la, s'il vous plaît !

Sa voix résonna en vain dans la boutique. Seul lui répondit le son lointain des pas de son adversaire, à peine perceptible.

Stupéfait, Rintarô jeta un regard vers l'entrée de la librairie.

La porte à claire-voie était toujours ouverte, comme pour lui indiquer la sortie. Qu'il la franchisse, et il serait sûr de retrouver son quotidien familier. Un quotidien banal, déprimant, étouffant, tiède, qui ne demandait pas de courage ni de fierté particulière…

Ses pieds ne bougèrent pas tandis qu'il s'imaginait installé dans le confort de cette bonne vieille librairie.

Ce voyage ne se résumait pas à un simple retour au foyer. Car il n'avait pas encore oublié l'objectif qui l'avait mené ici.

Sa décision prise, le poing serré, Rintarô ferma les yeux et tourna le dos à la porte pour rejoindre le sombre passage au fond de la boutique.

À peine eut-il pénétré dans le corridor que le noir enveloppa intégralement son champ de vision. Incapable de voir ses pieds, il ne pouvait se mettre à courir, aussi se contenta-t-il d'avancer précautionneusement, attentif à la texture du sol et au bruit régulier et à peine audible que faisaient ses chaussures.

Une sueur froide lui courait le long du dos.

Il ne se retourna pas – non qu'il fût guidé par l'assurance, mais parce qu'il n'était pas certain de pouvoir garder son calme lorsqu'il ne verrait plus la sortie. Au plus profond de son cœur, des émotions aussi négatives que la peur, le regret, la frustration et la haine de soi bouillonnaient, sur le point de déborder. Passé ce point, il n'y aurait plus rien à faire, aussi laissa-t-il vagabonder son esprit afin de se calmer, dans la mesure du possible : le quotidien du lycée, les préparatifs pour le déménagement, cette sympathique tante, le doux profil de son grand-père et les nombreux livres emplissant les étagères, mais aussi le sourire timide du Tigre et celui, énergique, de sa camarade…

Rintarô poursuivit sa route, le regard fixé sur l'horizon.

Pas de trace de la femme. Mais il entendait résonner ses pas. Au moins ne le distançait-elle pas.

Son esprit agité se calmait peu à peu.

Sa démarche, d'abord craintive, gagnait en force.

— J'ai beaucoup réfléchi au sujet des livres, dit-il à personne en particulier tandis qu'il cheminait.

Sa voix résonna dans l'obscurité.

Seule lui répondait la foulée lointaine de la femme, aussi régulière que la trotteuse d'une montre.

— Je me suis toujours demandé quel pouvoir ils détenaient. Grand-père le disait souvent : les livres ont du pouvoir. Mais ce pouvoir, que signifie-t-il, au juste ?

Une chaleur mystérieuse s'épanouit au fond de son cœur tandis qu'il devisait. Comme un feu enfoui dont les braises ardentes continueraient de chauffer, même après avoir été étouffées sous la cendre et mouchées par un souffle glacial.

— Les livres nous apportent savoir et sagesse, valeurs et opinions, et bien d'autres choses. Apprendre de nouvelles informations est un plaisir, et il n'y a pas plus exaltant que de découvrir les choses sous un angle neuf. Pourtant, j'ai toujours senti qu'ils devaient abriter un pouvoir plus puissant, plus précieux encore.

Rintarô faisait de son mieux pour cueillir et mettre en mots ces pensées évanescentes qui tombaient une à une dans son cœur tels des flocons de neige. Les yeux plongés dans le vide, il continuait d'avancer, concentré, afin de transmettre chacune de ces réflexions importantes qui disparaissaient dès l'instant où il pensait les avoir capturées.

Lui-même ne croyait pas posséder de pouvoir particulier. Pas plus qu'il ne se croyait capable de changer quoi que ce fût. Pourtant, s'il y avait une chose qu'il savait faire, c'était parler des livres. En ce sens, il n'avait pas encore bien exprimé le fond de sa pensée.

— Alors que je continuais de réfléchir, d'étudier la nature exacte du pouvoir des livres, de m'interroger sur toutes sortes de choses, j'ai cru trouver tout récemment un début de réponse.

Soudain, il s'immobilisa pour apostropher les ténèbres :

— Et si les livres nous apprenaient à nous soucier des autres ?

Il n'avait pas parlé très fort. Sa voix résonnait avec clarté, cependant.

Au loin, les bruits de pas avaient cessé. Un profond silence, assez épais pour tout englober, s'abattit sur le couloir obscur. Il avait beau plisser les yeux, il ne pouvait distinguer la silhouette de la femme. Ce qui ne l'empêcha pas de l'interpeller de plus belle.

— Les livres nous donnent à lire les pensées de milliers de gens. Qui éprouvent de la souffrance, de la tristesse, du bonheur, de la gaieté… En découvrant leurs histoires et leurs propos, en ressentant leurs émotions, nous apprenons à connaître le cœur de notre prochain. À travers les livres, nous pouvons comprendre non seulement le cœur des membres de notre entourage, mais aussi celui de personnes habitant un tout autre monde.

Le silence s'étirait.

Plus le moindre claquement.

Inspiré par cette quiétude, Rintarô poursuivit :

— Ne pas blesser les autres. Ne pas écraser les faibles, tendre la main à ceux dans le besoin. D'aucuns diraient qu'il s'agit là d'évidences. Mais en réalité, ce n'est plus si évident. Non seulement nous avons perdu de vue ces principes, mais certains iraient même jusqu'à demander pourquoi il faudrait les appliquer. Pourquoi ne faut-il pas blesser les autres ? Beaucoup ne le comprennent pas. Ce n'est pas facile à expliquer, car ce n'est pas affaire de raison. Mais qu'ils lisent un livre, et ils comprendront… Ils comprendront une chose trop importante pour être débattue : qu'on ne vit jamais tout à fait seul.

Rintarô faisait de son mieux pour s'adresser à son interlocutrice invisible.

— Je pense que le pouvoir des livres est celui de nous apprendre à cultiver un cœur pour les autres. C'est un pouvoir qui apporte courage et soutien à beaucoup de gens.

Il s'interrompit et se mordit la lèvre, avant de rassembler toutes ses forces pour proclamer :

— Puisque vous semblez sur le point de l'oublier, laissez-moi vous le dire à voix haute : le pouvoir des livres, c'est celui de la compassion.

Sa voix puissante résonna dans les ténèbres du couloir avant de se dissiper.

Il crut voir l'obscurité diminuer progressivement tandis que revenait le silence. En moins de temps qu'il n'en fallait pour le dire, son champ de vision s'éclaircit et il fut de retour dans ce mystérieux espace ressemblant trait pour trait à la librairie Natsuki.

Près de lui se dressait la chaise qu'il occupait encore un instant auparavant, et derrière le canapé se tenait la femme, comme si elle n'avait pas bougé.

La porte à claire-voie de l'entrée béait toujours, mais le couloir sombre, lui, avait disparu de l'arrière du magasin pour laisser place à l'habituelle cloison en bois. Même les trois écrans continuaient d'afficher les images des occupants des trois labyrinthes, comme si de rien n'était.

Avait-il rêvé cette promenade dans les ténèbres ? Rintarô ne savait déjà plus où se trouvait la vérité.

Une chose, cependant, avait changé.

Son état d'esprit.

— Excusez-moi, dit-il en s'inclinant face à la dame. Vous m'avez dit de rentrer, mais je ne peux pas encore repartir car vous n'avez toujours pas libéré Yuzuki.

La femme se garda de répondre.

La lueur de ses prunelles, toujours aussi dénuée de chaleur, portait en elle une obscurité à vous glacer le sang.

Rintarô ne paniqua pas, cependant. Son adversaire était une entité formidable. Elle ne pouvait lui transmettre toutes ses pensées d'un coup.

Le seul fait qu'elle se soit arrêtée pour le regarder était lourd de sens.

— Mais…, murmura soudain la femme. Les hommes feront tout ce qui est en leur pouvoir afin de détruire un livre aussi important. Or, tout livre détruit perd son pouvoir. Quelle que soit leur puissance, les livres seront séquestrés, découpés, liquidés, pour finalement disparaître. Ce n'est ni une exagération ni une métaphore. C'est une chose que j'ai pu observer de mes propres yeux. Nombre de livres seront encore détruits à l'avenir.

— Possible. Mais ils ne peuvent être anéantis.

Les cheveux de la femme s'agitèrent légèrement lorsqu'elle entendit les paroles étonnamment calmes de Rintarô.

— Même si on essaie de les détruire, ce ne sera pas tâche aisée. Au moment où nous parlons, nombre d'hommes et de livres établissent un lien dans des lieux que nous ne pouvons voir. C'est un fait incontestable. Votre présence ici n'en est-elle pas la meilleure preuve ?

La femme haussa imperceptiblement les sourcils, surprise par la puissance indiscutable de son propos.

Pour la première fois, elle affichait un semblant d'expression.

— Bien dit, mon garçon ! lança une voix masculine.

Rintarô se retourna, interdit, mais il n'y avait personne d'autre dans la pièce.

— Je retrouve bien là le jeune homme de mon souvenir. Je suis impressionné, ajouta la voix.

Rintarô regarda sur sa droite, éberlué.

Sur l'écran suspendu, le maître du premier labyrinthe lui adressait un sourire complice.

Assis face à son jardin, il sirotait tranquillement une tasse de thé.

— Il n'y a pas à hésiter, mon garçon. Aie confiance en toi. Tu n'as qu'à lui crier dessus, à cette femme. Lui rappeler qu'en dépit de ses belles paroles et de son air hautain, elle-même n'a fait que se reposer sur la raison.

Il considéra le jeune homme interloqué d'un œil amusé.

— Tu sais, mon garçon, il n'est pas facile de changer les choses. Pourtant, tu n'as pas hésité à m'abreuver de tes meilleurs arguments. Et je t'en suis reconnaissant. Depuis, je fais quotidiennement de nouvelles découvertes et ne cesse d'être surpris. Tu avais raison : je n'aimais pas véritablement les livres. Entouré comme je l'étais d'ouvrages par milliers, je ne me rendais pas compte que chacun d'eux contient à lui seul un monde sans limites. Mais à vrai dire, ma plus grande découverte ne concerne pas les livres.

Il souleva sa tasse d'un geste détendu.

— Ma femme prépare le plus délicieux des thés, s'esclaffa-t-il dans un rire franc et chaleureux.

Une autre voix vint couvrir la sienne – venant cette fois de la gauche.

— Aie confiance en tes capacités, petit visiteur.

Rintarô se tourna vers l'écran opposé.

Assis sur une chaise, ses joues rondes plissées par un sourire amusé, le chercheur en blouse blanche regardait le jeune homme qui le fixait, bouche bée. Une lueur de gentillesse brillait dans ses yeux.

— N'est-ce pas toi qui m'as fait écouter mon cher Beethoven en avance rapide, petit visiteur ? Rappelle-toi la confiance dont tu as fait preuve à ce moment-là ! s'exclama-t-il en hochant la tête. Marche avec courage sur le chemin que tu t'es choisi. Ne sois pas un de ces spectateurs passifs qui se contentent de déplorer l'absence de changement. Poursuis ton voyage avec assurance. À l'instar de Melos, qui a couru jusqu'au bout pour sauver son ami.

La femme fronça légèrement ses fins sourcils.

— Les pensées seules ne changeront rien…

— Ne croyez-vous pas qu'il faille quand même essayer ? suggéra une voix profonde, venue du plafond.

Le président s'était levé de son fauteuil et s'adressait à présent à ses employés vêtus de costumes de couleurs diverses.

— Il ne s'agit pas de raison. Il s'agit de notre dignité.

Il brandit une paume étonnamment large face aux protestations de ses interlocuteurs.

— C'est parce que vous aimez les livres que vous êtes venus ici, n'est-ce pas ?

Il s'exprimait d'une voix calme mais pleine d'ardeur. Les hommes cessèrent leurs gesticulations.

— Alors, mettez de côté la raison. Laissez parler vos idéaux. C'est là notre privilège, à nous qui mettons les livres au monde.

Galvanisés par son enthousiasme, les hommes en costume redressèrent l'échine.

Rintarô, qui contemplait l'écran au plafond, posa les yeux sur la femme devant lui.

— Un changement est un changement, aussi infime soit-il.

Elle soutint son regard.

— Que faire si vous ne croyez pas au pouvoir des livres, alors même que nous y croyons, nous ? ajouta-t-il.

Elle ne bougea pas d'un pouce.

Le silence s'abattit de nouveau sur la pièce exiguë.

Cette fois, il se fit plus pesant, recouvrant leurs pieds telle une neige épaisse accumulée sans un bruit.

Un calme presque solennel.

Un silence si oppressant qu'on en avait le souffle coupé.

Le plus long, sans doute, depuis que Rintarô avait pénétré dans ce dernier dédale.

Finalement, la femme baissa lentement les paupières et murmura :

— Quelle guigne…

Puis elle rouvrit les yeux et posa sur le jeune homme un regard inquisiteur.

— C'est parce que je continue de rencontrer des individus me servant ce discours que je ne parviens pas à abandonner tout espoir.

Comme toujours, elle s'exprimait d'un ton détaché qui rendait ses émotions difficiles à lire. Cette fois, pourtant, sa voix laissait entendre une inflexion légèrement différente.

À la surprise de Rintarô, une douce lueur vint éclairer son visage. Pas de doute, il avait bien vu un éclat étinceler un instant au fond de ses prunelles, même si elles s'étaient aussitôt rembrunies.

— Un cœur soucieux des autres… Je ne déteste pas cette façon de penser, souffla-t-elle pour elle-même, avant de se retourner comme si elle avait remarqué quelque chose.

Une clarté immaculée avait commencé à émerger depuis le fond de la boutique et se répandait pour illuminer l'intérieur, plongé dans la pénombre. Les étagères robustes et même les écrans s'étaient mis à briller d'une lueur diffuse.

— C'est l'heure.

— Pardon ?

— Après tous les excès que j'ai commis, je ne peux pas rester éternellement ici, expliqua-t-elle d'une voix détachée en contemplant la lumière qui se déployait. Cette fois, tu dois vraiment partir. Sinon, tu ne pourras plus jamais retourner dans ton monde.

Aussi abrupte que fût la sentence, il s'agissait indubitablement d'un adieu.

— Tout va bien se passer. Inutile de t'inquiéter pour ta petite amie, ajouta-t-elle pour apaiser la panique de Rintarô.

Ne trouvant rien à répondre, il se contenta d'acquiescer d'un hochement de tête tandis que la clarté continuait de s'intensifier.

— Je suppose qu'il faut nous dire au revoir ?

— Oui, j'ai…

La femme hésita un instant avant d'ajouter :

— J'ai passé un très bon moment.

— Moi aussi, je suis heureux de vous avoir rencontrée, dit Rintarô en baissant la tête.

Elle opina légèrement du chef.

— Quel garçon bien élevé. À moins qu'il ne s'agisse de quelque plaisanterie moderne dont le sens m'échappe ?

— Non. Grâce à cette rencontre, j'ai encore pu prendre conscience d'une chose très importante. Alors…

Cette fois, il s'inclina profondément en signe de remerciement. Elle le contempla un moment sans mot dire.

— Quel merveilleux au revoir, murmura-t-elle avant d'effleurer l'écran suspendu près d'elle.

Aussitôt, les trois toiles disparurent, révélant le triste spectacle des étagères vides dressées derrière.

D'un geste, la femme fit apparaître des rangées de livres nimbés de bleu. En un clin d'œil, les deux murs se trouvèrent remplis d'une vaste collection soigneusement triée.

— Voilà qui est mieux, n'est-ce pas ? dit-elle sans même un sourire.

Ce geste extravagant, Rintarô en prit conscience, n'était rien d'autre qu'une façon de lui rendre la faveur.

— Moi aussi, je trouve que c'est mieux ainsi, répondit-il avec un sourire.

Sans se dérider, son interlocutrice esquissa un discret mais indéniable signe de tête.

Autour d'eux, la lumière gagna en intensité pour les envelopper, ainsi que les étagères et les canapés.

Rintarô n'eut pas d'autre possibilité que de se tenir immobile.

Les lèvres pâles de la dame remuèrent pour murmurer quelque parole inintelligible. Puis elle lui tourna le dos pour s'éloigner comme si de rien n'était.

Le jeune homme la regarda partir, pris d'une sensation étrange devant cette attitude cavalière qui ne trahissait pas le moindre regret.

Merci…

Étrangement convaincu qu'elle avait prononcé ce mot avant de disparaître, Rintarô se laissa enrober par la lumière immaculée qui engloutissait tout autour de lui.

*

Combien de temps avait bien pu s'écouler ?

Lorsqu'il revint à lui, Rintarô était agenouillé sur le parquet de la librairie Natsuki. Dans ses bras gisait sa camarade endormie, une expression paisible sur le visage.

Sans bouger, il jeta un regard à l'arrière de la boutique, mais ne vit qu'une simple et banale cloison en bois. Lorsqu'il se tourna vers l'entrée, une neige poudreuse tombait à l'extérieur.

— Yuzuki !

À peine eut-il prononcé son nom que Sayo ouvrit les yeux, éblouie.

— Natsuki… ?

Le jeune homme poussa un grand soupir de soulagement.

— Tout va bien ? lui demanda-t-elle après un instant d'hésitation.

— Ce serait plutôt à moi de te poser la question ! ironisa-t-il.

Sayo esquissa un sourire. Le même sourire charmant qu'elle lui adressait tous les matins avant d'aller à sa répétition.

Elle parcourut rapidement les environs du regard avant de se tourner vers son ami et d'acquiescer d'un grand signe de tête.

— Je constate que tu m'as ramenée à bon port.

— C'est ce que je t'avais promis.

Main dans la main, ils se relevèrent et se firent face dans la librairie exiguë.

À contre-jour de la douce lumière qui filtrait à travers la porte à claire-voie, la silhouette de Sayo était plus éblouissante que jamais.

— Je suppose que je devrais te souhaiter un bon retour parmi nous ? demanda-t-il d'un air gêné.

La jeune fille secoua la tête.

— Mais non, voyons, s'esclaffa-t-elle devant sa confusion. As-tu oublié la date ? Joyeux Noël !

L'expression, bien qu'étrangère aux oreilles de Rintarô, possédait une sonorité agréable qu'il ne pouvait qu'admirer en toute sincérité.

Tant et si bien qu'il la prononça à son tour avec un sourire.

ÉPILOGUE
FIN DE L'HISTOIRE

La clématite *florida* était la fleur préférée de Grand-père.

Rintarô se remémorait comme si c'était hier le profil de son aïeul tandis qu'il plissait les yeux, enivré, devant une variété d'un bleu sombre qu'il appréciait tout particulièrement et dont les pétales se déployaient avec grâce dans la lumière éclatante des premiers jours de l'été.

« Leur nom japonais, *tessenka*, littéralement "fleur en fil de fer", correspond bien mieux que leur nom latin, *clematis*, à cette silhouette qui marie la froideur des lignes droites à la sinuosité des courbes », avait déclaré le vieil homme, pourtant d'ordinaire peu disert, tandis qu'il soignait la jardinière ornant le seuil de la librairie Natsuki.

En serai-je capable, moi aussi ? se demanda Natsuki tandis qu'il entreprenait d'arroser la plante un temps délaissée. L'esprit apaisé, il avait enfin le loisir de s'en occuper.

Trois mois s'étaient écoulés depuis le décès de son grand-père.

La saison avait un peu avancé, et avec elle, le paysage avait légèrement changé.

La neige avait fondu sur l'auvent, les pêchers avaient fleuri, les bourgeons de cerisier avaient tout juste éclos.

Pris dans le flot naturel du temps, Rintarô continuait, tous les matins à 6 heures, d'ouvrir la porte à claire-voie pour aérer la petite boutique. Balai en main, il époussetait les marches en pierre et arrosait la jardinière remplie de jeunes pousses avant de passer un coup de plumeau à l'intérieur.

— Tu travailles dur ! lança une voix claire.

Alors qu'il finissait le ménage, Yuzuki pénétra dans la librairie, un gros étui noir à la main. Celui-ci contenait une clarinette basse, avait appris récemment le jeune homme. Il ne savait même pas qu'un tel instrument existait ; visiblement, Yuzuki était la seule capable de tenir cette partie essentielle au sein de l'orchestre à vent.

— Tu travailles dur, constata-t-elle en s'asseyant d'un bond sur la petite chaise ronde placée au centre de la pièce. Tu n'es pas obligé de faire le ménage tous les jours…

— Ça ne me dérange pas, s'exclama Rintarô en époussetant un à un les volumes en rayons. Contrairement à toi, je n'ai pas de répétition le matin. Et puis, ça me donne l'occasion de rencontrer toutes sortes de textes intéressants. C'est plutôt agréable.

— Espèce de pervers, déclara Sayo avec sa franchise et sa fraîcheur habituelles. Mais passons. Celui-ci est affreux, tu ne trouves pas ?

Elle sortit un épais livre de poche de la sacoche qu'elle portait en bandoulière.

— Je n'y ai rien compris…

Rintarô esquissa un sourire embarrassé.

Il s'agissait de *Cent Ans de solitude*, de Gabriel García Márquez, qu'il lui avait présenté la veille.

Après Austen et Stendhal, il lui avait fait découvrir Gide et Flaubert, pensant qu'elle trouverait les romances plus faciles à lire – jusqu'à la semaine précédente, où Sayo, qui avait déjà dévoré toutes ses recommandations, lui avait déclaré vouloir s'aventurer dans un genre différent.

Rintarô avait alors opté pour García Márquez.

— Es-tu sûr de l'avoir lu en entier, Natsuki ?

— Bien sûr. Même si c'était il y a longtemps…

— Tu n'es vraiment pas normal. Pour ma part, je n'y ai absolument rien compris. C'est trop difficile.

— Tant mieux.

Sayo posa un regard perplexe sur le jeune homme tandis qu'il dépoussiérait les étagères en riant.

— Pardon ?

— Si la lecture t'en a paru difficile, c'est qu'il contenait des choses nouvelles pour toi. Rencontrer un texte difficile, c'est une chance.

— Qu'est-ce que tu racontes ? grimaça Sayo, de plus en plus perdue.

— Si tu trouves une lecture facile, c'est que tu en connais déjà le contenu. Si une lecture te paraît difficile, c'est la preuve que son contenu est nouveau pour toi, expliqua Rintarô avec un sourire.

Son amie le contempla comme s'il s'agissait d'un animal rare.

— C'est ce que je disais : tu es un pervers.

— Merci bien.

— Mais ce n'est pas une mauvaise chose, ajouta Sayo en le dévisageant, la main en visière sur le front. Ça te donne même une certaine classe.

Rintarô, qui essuyait le comptoir, se figea.

Lorsqu'il osa un regard furtif en direction de Sayo, elle s'écria, le cou tendu avec curiosité :

— Tu as les oreilles toutes rouges !

— Je suis innocent comme l'agneau qui vient de naître. Contrairement à certaines…

— N'importe quoi ! Je parie que tu as lu plein de livres olé-olé, comme *Lolita* ou *Madame Bovary*. Derrière tes airs de ne pas y toucher…

— Continue comme ça et j'arrête de te vendre des livres.

— Menteur ! s'exclama Sayo en quittant son siège.

Au lieu de se diriger vers la sortie, cependant, elle gagna le fond de la boutique d'un pas léger et posa la main sur la cloison en bois.

— Comme je m'en doutais, c'est une impasse.

— Le contraire serait ennuyeux.

— C'est tout de même un peu triste. On dirait que tout cela n'était qu'un rêve.

Rintarô lui-même s'était posé la question.

Quand bien même tout cela n'aurait été qu'un rêve, le jeune homme en avait au moins retiré une conviction : il n'était pas seul.

*

« Je préfère rester vivre ici », avait annoncé Rintarô à sa tante la veille de Noël, une heure avant l'arrivée du camion de déménagement. Paradoxalement, elle n'avait guère paru surprise de l'entendre exprimer si clairement une demande aussi inattendue.

Elle s'était contentée de dévisager son neveu, ses bras charnus croisés sur sa poitrine, tandis qu'il la regardait fixement.

Sans doute cela n'avait-il duré qu'un instant, même si le silence avait semblé s'étirer à l'infini.

— Il s'est passé quelque chose, avoue, mon petit Rin ?

Rintarô ne s'attendait pas à une telle réaction. Un sourire amer plissa les joues bien rouges de sa tante devant la perplexité du jeune homme.

— Peu importe. On ne peut pas attendre d'un adolescent qu'il partage tous ses secrets avec une matrone qu'il connaît à peine.

Bien sûr, Rintarô ne pouvait lui raconter les étranges aventures qu'il avait vécues avec le chat. D'autant que lui-même n'aurait su dire avec précision quelle influence ces mystérieux événements avaient eue sur lui.

Tout ce qu'il savait, c'était qu'il voulait essayer d'aller de l'avant, quoi qu'il arrive.

Il comprenait à présent que l'adage selon lequel « on n'a pas le choix » n'était pas seulement un préjugé, mais un prétexte. Que l'on décide de faire un choix, et un carrefour de possibilités s'ouvrait alors à vous. La seule question était de savoir si l'on osait prendre des décisions ou si l'on se laissait emporter.

« Que faire si vous ne croyez pas au pouvoir des livres ? » avait-il lancé à son adversaire dans le dernier dédale. Alors qu'il la posait, cette question était devenue une exhortation pour lui-même. Ces mots lui avaient donné du courage.

— Es-tu sûr que tu n'en fais pas trop ? avait finalement ajouté sa tante d'une voix douce devant son mutisme obstiné.

— Trop ?

— Ne serais-tu pas en train d'improviser des prétextes parce que tu ne veux pas aller vivre avec une inconnue ?

— Pas du tout.

— Sûr ?

— Absolument, avait répondu Rintarô avec force.

Les bras toujours croisés, sa tante avait réfléchi un moment avant de hocher la tête en signe d'assentiment.

— Je consens à y réfléchir, à trois conditions.

— Pardon ?

— Tu m'as parfaitement entendue. La première, c'est que tu retournes en classe, sans faute.

Rintarô avait retenu une grimace de dégoût. Lui-même était conscient d'avoir séché bien trop longtemps.

— La deuxième, c'est que tu m'appelles trois fois par semaine. Juste pour m'assurer que tout va bien. Quant à la troisième…

Les mains sur les hanches, elle s'était penchée en avant.

— En cas de difficulté, n'hésite pas à me demander conseil, au lieu de t'obstiner tout seul dans ton coin. Après tout, ce n'est pas facile de vivre seul quand on est lycéen.

Rintarô ne savait comment répondre à tant de sollicitude.

Ce qu'elle pouvait être gentille, quand même… Chacune de ses paroles candides débordait de considération pour son balourd de neveu.

Nul doute qu'elle aussi aurait pu voir le Tigre et le mystérieux corridor rempli de livres si elle avait mis le pied dans la librairie au bon moment.

— Mais trois coups de fil par semaine, cela risque d'être compliqué…

— Qu'est-ce qui est le plus ennuyeux à ton avis, annuler le déménagement une heure avant ou me parler au téléphone ? Si tu préfères, c'est moi qui t'appelle.

Elle n'était pas seulement gentille – elle était aussi intelligente.

Rintarô n'avait trouvé aucun argument à lui opposer.

Alors qu'il s'inclinait pour la remercier, il l'avait entendue lui glisser à l'oreille avec un sourire :

— Tu commences à ressembler à ton grand-père, tu sais, Rintarô ?

Pour une raison qui lui échappait, cela lui avait semblé le plus beau des compliments.

*

— Rencontrer un livre difficile est une chance, disais-tu? murmura Sayo en contemplant son exemplaire de *Cent Ans de solitude.*

— Au fait, García Márquez fait partie des auteurs préférés d'Akiba. Sans doute a-t-il déjà lu toutes ses œuvres disponibles ici.

— Voilà qui me donne encore moins envie de le lire! Enfin..., soupira la jeune fille en rangeant l'épais volume dans son sac. Si ça ne devient pas intéressant, je vais me fâcher.

— Tu te trompes de cible. C'est García Márquez qui l'a écrit, pas moi.

— Mais c'est toi qui me l'as recommandé, pas García Márquez.

Décidément, entre sa tante et sa camarade, il était entouré de femmes intelligentes, songea Rintarô, étrangement impressionné.

— Ah, zut! sursauta Sayo.

La répétition de la fanfare n'allait pas tarder à commencer. Elle s'empara de sa clarinette basse posée sur le comptoir et se précipita vers la sortie.

— Tu as intérêt à venir en cours, Natsuki!

— J'en ai bien l'intention, confirma Rintarô. Je l'ai promis à ma tante.

Il l'accompagna jusqu'à la porte. Dehors, il faisait un temps magnifique. Un livreur passa sur son deux-roues jaune, éclairé par le soleil matinal.

Sayo descendit d'un bond les marches en pierre de la boutique avant de faire volte-face.

— Que dirais-tu d'aller manger ensemble un de ces jours ?

Rintarô cligna des yeux devant cette invitation nonchalante, pris d'une pitoyable exaltation.

— Tu veux dîner avec moi ?

— Tout juste.

— Pourquoi ?

— Parce que j'aurai beau attendre, tu ne m'inviteras jamais.

Gagné par l'excitation, Rintarô ne sut que répondre. Il se contenta de lui adresser un sourire ahuri.

— Je n'ai rien contre le fait de discuter littérature entre les murs de la librairie, mais tu as besoin de prendre le soleil de temps à autre. Tu ne voudrais quand même pas inquiéter ton grand-père maintenant qu'il est au ciel ?

« Il s'inquiéterait davantage d'apprendre que je vais dîner avec une jeune fille », aurait répondu l'adolescent en temps normal, mais son esprit complètement vide échoua à produire une réplique satisfaisante.

— Si tu peux me supporter, bredouilla-t-il simplement.

— Je ferai un effort, rétorqua-t-elle d'un ton mordant, le laissant une nouvelle fois sans voix.

Sayo lui adressa ensuite le plus charmant des sourires avant de s'éloigner à grands pas.

— Yuzuki ! lança involontairement Rintarô, l'oreille bercée par le claquement léger de ses chaussures sur le sol.

Elle se retourna, un air interrogateur sur le visage.

— Merci.

La voix gênée du jeune homme résonna étonnamment fort dans la rue.

Sa franchise parut surprendre sa camarade.

Si la formulation manquait d'esprit ou de sophistication, elle n'en contenait pas moins ses émotions les plus sincères.

Les sentiments de Rintarô à l'égard de cette amie qui s'était maintes fois souciée de lui étaient multiples et complexes. Après avoir longuement cherché la formule adéquate, il avait dû se contenter de lui débiter le plus banal des mots.

— Merci, vraiment, répéta-t-il à l'adresse de sa camarade interdite. Pour tout ce que tu as fait pour moi.

— Qu'est-ce qui te prend, d'un coup ? Tu me fais peur.

— Je vois que c'est ton tour de rougir, Yuzuki.

— N'importe quoi ! s'emporta Sayo, avant de tourner les talons pour détaler.

Rintarô regarda sa silhouette se fondre dans la lumière éblouissante du printemps.

— Ressaisis-toi un peu, junior, retentit une voix profonde à son oreille.

Surpris, il balaya les environs du regard, mais il n'y avait pas un chat dans la rue. L'espace d'un instant, il crut apercevoir la silhouette d'un matou tigré courant au sommet d'un muret sur le trottoir d'en face, mais il n'en était pas sûr. À peine eut-il le temps de se poser la question qu'il se retrouva dans son paysage habituel.

Rintarô resta un moment immobile avant d'esquisser un sourire discret.

Je ferai de mon mieux, répondit-il en son for intérieur tout en levant les yeux vers le ciel limpide.

Après avoir fini le ménage dans la boutique, il se servirait comme toujours une tasse de thé assam et prendrait un peu de temps pour lire. Puis, l'heure venue, il verrouillerait la porte, attraperait son cartable, et retrouverait le chemin du lycée, dans une séquence d'événements certes peu intéressante, mais qui aurait l'avantage d'apaiser la brillante déléguée de classe.

Les problèmes s'empilaient sans qu'un seul n'ait encore été résolu. Mais il était de son devoir d'aller de l'avant sur la voie qu'il s'était choisie.

Laissant ouverte la porte à claire-voie, Rintarô regagna l'intérieur de la boutique et sortit le service à thé d'un geste entraîné. Il mit l'eau à chauffer dans la bouilloire électrique pour en remplir la vieille théière de son grand-père. Dans la rue résonnèrent les rires joyeux d'une bande d'écoliers qui passaient en courant devant l'entrée.

Un nouveau jour commençait alors que la ville s'éveillait.

Dans la pièce embaumée par le délicieux parfum du thé, Rintarô ouvrit délicatement un livre.

Une brise s'engouffra et la clochette de la porte d'entrée retentit.

Ce livre existe grâce au travail de toute une équipe.

Communication : Caroline Babulle, Sandrine Perrier-Replein, Typhaine Maison, Adélaïde Yvert.

Coordination éditoriale et administrative : Céline Poiteaux, Martine Rivierre.

Studio : Pascaline Bressan, Barbara Cassouto-Lhenry, Joël Renaudat.

Fabrication : Muriel Le Ménez, Céline Ducournau, Bernadette Cristini, Sophia Paroussoglou, Phousa Chantharath, Isabelle Goulhot.

Correction : Emmanuelle Coppeaux, Valérie Gautheron.

Commercial, relation libraires et marketing : Laetitia Beauvillain, Élise Iwasinta, Morgane Rissel, Perrine Therond, Aurélie Scart.

Cessions de droits : Isabelle Votier, Benita Edzard, Lucile Besse, Sonia Guerreiro.

Gestion : Sophie Veisseyre, Chloé Hocquet, Isabelle Déxès, Camille Douin.

Service auteurs : Viviane Ouadenni, Jean-François Rechtman, Catherine Reimbold.

Ressources humaines : Mylène Bourreau.

Juridique : Juliane Charbois, Laëtitia Doré, Anaïs Rebouh, Valérie Robe, Julia Crosnier.

Diffusion : Aurélia Spalacci, Nadine Eugénie, Céline Pitt, Arnaud Weill, Hervé Adamczyk, Annie Bourgade, Éric Charpentier, Gilles Couillard, Sandrine Ducrocq, Élisabeth Ehlinger, Guillaume Loras, Jean-Philippe Pilloux, Philippe Maulnier, Gilles Torché, Élisabeth Gastaldo, Jean-Pierre Stephany (Belgique), Olivier Béguin (Suisse), Emmanuelle Cadot, Virginie Godet et Caroline Pan.

Avec le soutien des équipes d'Interforum et d'Editis qui participent à la création, la diffusion et la distribution de ce livre.

NiL

La photocomposition de cet ouvrage
a été réalisée par
GRAPHIC HAINAUT
30, rue Pierre Mathieu
59410 Anzin

MIXTE
Papier
FSC FSC® C003309

L'éditeur de cet ouvrage s'engage dans une démarche
de certification FSC® qui contribue à la préservation
des forêts pour les générations futures.

Pour en savoir plus :
www.editis.com/engagement-rse/

Cet ouvrage a été achevé d'imprimer en décembre 2022
sur les presses de Normandie Roto Impression s.a.s.
61250 Lonrai (Orne)
N° d'édition : 65271/04 - N° d'impression : 2206189

Imprimé en France